2

Ath Jennad, mémoires à vif,

Par Slimane Ait Slimane

© 2020, Ait Slimane, Slimane
Edition : Books on Demand,
12/14 rond-Point des Champs-Elysées, 75008 Paris
Impression : BoD - Books on Demand, Norderstedt, Allemagne
ISBN : 9782322092680
Dépôt légal : juillet 2020

Anzamri, Angoulême

Ath Jennad, memoires à vif

Par Slimane Ait Slimane

Juillet 2020

At Jennad

At Jennad, est une confédération composée de quatre grandes tribus kabyles qui occupent la partie septentrionale de la Kabylie dont une bonne partie de la chaîne maritime de la grande Kabylie, région située précisément entre Djemâa-Saharidj et Taqsebet.

Le territoire des Aït Djennad est délimité à l'ouest par la confédération des Aït Ouaguenoun, au nord-ouest par celle des Iflissen lebhar. Il s'étend au nord-est jusque la mer Méditerranée et trouve à l'est une frontière avec les tribus de Tiguerim, Yazzouzen et Aït Flik. Au sud-ouest, la ville d'Azazga marque la frontière avec la tribu des Aït Ghobri, tandis qu'au sud-est la vallée du Sebaou constitue une frontière naturelle qui sépare les Aït Djennad des Aït Fraoussen.

La formation de cette confédération, est située dix siècles après la chute de la domination romaine, soit vers le 15ème siècle.

Djennad, l'ancêtre de la confédération, est venu de la ville de Dellys. Apparemment au IVe siècle de l'hégire soit au XIe siècle après la naissance du Christ. La prospérité des Djennad jouissait en Kabylie d'une certaine réputation. Djennad était déjà connu et même reconnu en tant que chef. La famille Djennad ne s'est pas fixée tout de suite dans la dite région comme étant la leur. Elle serait passée par Mers-Eddadjadj, puis sur la montagne à l'Est de l'embouchure de l'oued Isser et enfin au-delà du Sebaou. D'abord à Dellys et ensuite au pied de Tamgout où la géographie a permis d'assurer plus de sécurité.

L'arrivée de Sidi Mansour chez les Aït Djennad a été un événement déterminant. C'est sous son impulsion que les Aït Djennad se sont rendu compte de leur nombre et de leur force. Rapidement organisés autour du marabout, les Aït Djennad s'étaient soulevés contre l'oppression d'Amar Ou El Kadhi et du royaume de Koukou, pour devenir une confédération libre.

Conscientes de la force des Aït Djennad, les confédérations voisines des Aït Ouaguenoun et des Iflissen lebhar, exposées aux attaques des Ottomans, devinrent les alliées privilégiées des Aït Djennad, à qui elles demandèrent de l'aide.

Un peu plus tard les tribus des Aït Ghobri et des Yazzouzen, ainsi que la confédération des Aït Idjer rejoindront le collectif formé autour des Aït Djennad et de leur marabout Sidi Mansour pour devenir l'une des armées les plus puissantes de Kabylie. C'est ainsi que pendant plus d'un siècle, les tribus de la Kabylie maritime, sous le commandement des Aït Djennad, affronteront sans relâche les Turcs qui ne réussiront jamais à asseoir leur domination sur les tribus qui entourent le sommet de Tamgout.

Ath Kaci

Originaires de Baghlia, en basse Kabylie, les Ait Kaci s'installèrent d'abord à Chaïb, puis finirent à par adopter Tamda comme chef lieu de leur puissance. Les grands parents d'Ait Kaci furent pour la plupart, inhumés dans le cimetière Amzawrou, à Chaïb.

Les membres de cette famille, étaient depuis le protectorat turc, soit bachaghas, soit aghas, soit caïds ou soldats de métier au service de leur propre autorité. Les turcs leur cédèrent un certain pouvoir local. Ils avaient le commandement sur la vallée du Sebaou et la Haute-Kabylie. A l'arrivée des français, ils reprirent le même statut.

C'était une famille riche et propriétaire foncier, respectée et redoutée dans toute la Kabylie. Elle était constituée d'une armée de cavaliers bien entraînés dans l'art militaire.

La cavalerie des Ait-Kaci est connue aux alentours par ses raids éclair afin de percevoir les impôts, auprès des populations réfractaires à cette obligation.

Au mois de juin 1871, la tension est très électrique dans toute la Kabylie. Les français commencèrent à s'inquiéter, dépêchèrent une compagnie de fantassins auprès des caïds Ahmed et Ali fils du célèbre bachagha Moh Ait-Kaci, pour les amener à se dresser contre les insurgés, qui commençaient à recruter dans la région de l'Arbaa Nath Irathen.

Le caïd Ali entouré de ses hommes, reçut l'unité française dans l'immense cour de sa résidence à Tamda. La conversation s'engagea immédiatement entre le Caïd et le capitaine, debout entourés des leurs.

Le caïd tentait d'apaiser le capitaine en détresse, celui-ci vociférait, hautain et peu respectueux envers son interlocuteur hôte, plus âgé que lui et toujours calme. Révulsé par cette irrévérence, un jeune des Ait-Kaci, ne se retint pas plus longtemps, brisa l'ambiance et tira sur le capitaine à bout portant d'un coup de fusil en plein ventre et l'homme s'écroula raide mort.

Une violente bagarre accrocha les Ait Kaci et les français, rapide et meurtrière, elle tourna à l'avantage des Ait Kaci. On déplora plusieurs morts et blessés du côté français, dont furent fait une vingtaine de prisonniers. D'autres rescapés réussirent à s'enfuir. L'irréparable fut fait.

Dans la hâte, les Ait Kaci sellèrent les chevaux et chargèrent sur les mulets armes, munitions, vivres et tous ce qu'ils jugeaient nécessaire pour la survie en en campagne. Ils emmenèrent les prisonniers et se dirigèrent vers Akfadou, pour rallier les insurgés.

Ath Lhocine

A cause des plaines d'Azaghar, les Ait Kaci et Ait Jennad étaient parfois en conflit, sur un fond d'une rivalité permanente. Ainsi, Ath Kaci recevaient souvent des fugitifs provenant des Ait Jennad.

Dans le village Igherviene, un litige s'engagea entre deux grandes familles, plutôt voisines, voir cousines, probablement vers l'année 1880. La tension déboucha sur un affrontement physique armé, dans la broussaille d'Imezlay, à l'Est du village, sous le regard du rocher Ouzaya. On dénombra alors plusieurs morts, 7 victimes du côté des futurs Ben Saïd, et 6 victimes du côté du groupe qui deviendra les Ait Gherbi.

Cette tragédie qui arrivait à son paroxysme, connut soudain un répit suite à l'apparent équilibre dans les dégâts causés. Les villageois supposaient alors et espéraient un calme après la tempête.

Mais la différence en nombre de morts, laissait planer la menace d'une vengeance eminente. Une des deux familles dut se confiner pendant près de deux mois pour parer aux représailles.

Les sages du village intervinrent alors pour intercéder entre les deux belligérants. Ils se résolurent à faire déménager les deux camps, et les firent quitter définitivement le village.

L'un des deux groupes, s'exila vers Tamda. A l'époque il y avait encore les Ait Kaci. L'autre groupe, dut partir dans la direction opposée, vers la côte, Ait Réhouna.

Les Ait Kaci reçurent les exilés vers le sud, afin de leur éviter la vengeance. On disait à l'époque de leur propension à offrir asile aux réfugiés et autres fugitifs :

'Celui qui a tué, doit habiter Tamda'. En Kabyle, 'Win inghan izdegh Tamda'.

Chez Ait Kaci, si l'homme était fort, il devenait systématiquement cavalier, mais s'il était d'une santé précaire, il faisait du pâturage. Ils engagèrent alors deux hommes de la famille d'Iqajiwen nouvellement reçue.

L'un d'entre eux, vécut assez longtemps et eut des enfants. L'autre, Hocine, fut tué au combat, alors qu'il était encore très jeune et célibataire. En référence et en hommage à sa mémoire, la famille en exil devint Ait el Hocine.

Vers la fin du siècle, les territoires d'Ait Kaci commencèrent à être rognés par l'envahisseur Français. Ils proposèrent alors à Ait el Hocine de quitter Tamda, en leur laissant le choix de la terre où s'installer. Ils avaient mérité leur récompense pour avoir donné des martyrs. Les Ait Hocine demandèrent alors un champ près d'Ait Jennad. Ainsi ils choisirent Nezla.

Les Ben Saïd, étaient une famille de Cheikhs, le dernier d'entre eux, était cheikh Arezki. Au sein du village Ait Rehouna, ils exerçaient leur vocation d'Imam de père en fils. Lorsque le père de Cheikh Arezki, revint d'Ait Rehouna, pour instituer comme Imam dans le village Igherbiene, il n'avait plus de terre pour construire et s'y installer. Les Ait Hocine leur cédèrent alors des parcelles de leurs terrains abandonnés.

Ath Amar

Moh Amechtoh, naquit vers le début des années 1860, d'une mère originaire d'Ath Slimane, une certaine Tassadit Nat Slimane. C'était une femme qu'on disait d'un charme rare.

A l'époque, la tradition requérait que les garçons, dans la mesure du possible, soient envoyés dans les familles puissantes, pour qu'ils s'inspirent des hommes forts. Ainsi, Mohand fut recueilli par ses grands parents maternels, afin de lui permettre de se forger un caractère et une vigueur auprès de son grand père, Mhend ou belkacem, qui deviendrait aussi le grand père paternel de Mhend Ouslimane. De part son vécu, il devenait la mémoire du village.

Moh Amechtoh, se souvenait de la première bataille de l'arrivée des français à Ath Jennad. Elle s'engagea à Tizi Bounoual, il était encore enfant. C'était l'insurrection d'el Mokrani et Cheikh Ahedad. Chaque famille qui avait un jeune en capacité de se battre, devait l'envoyer au front pour résister aux français.

Pour Ath Slimane, il y eut deux morts, dont l'un s'appelait Mahmoud. Il était de la famille de M'hend ou Belkacem. Les deux martyrs, furent ramenés par Amar Ouyahia, portés sur ses épaules. C'était un colosse. Ils furent inhumés tous les deux au cimetière d'Annar, dans une même tombe. La seule encore visible.

Moh Amechtoh avait connu l'époque où il y avait encore des lions au rocher at-Ali, au dessus du village. Lorsque l'état civil commençait à être établi et les familles se faisaient attribuer des noms administratifs, dans la région d'Ait Jennad, il faisait du pâturage, mais il était déjà un homme assez bien constitué. Le recensement se déroula entre 1982 et 1991.

Il racontait que Hend Agharbi, ancêtre du village Igherbiene, vécut entre le 7ème et le 8ème siècle hégire, qui coïncidait avec la période où les berbères revenaient d'Espagne à la chute de Grenade. Beaucoup d'entre eux avaient fait des études et se dispersaient dans les villages et en profitaient aux habitants.

Mixité

Vers l'année 1900, Haj kaci et et Taadourt, que tout le monde appellerait bien plus tard Yema Tamghart, se retrouvèrent dans une fête de mariage dans le village.

Jusque là, les célébrations de mariage étaient mixtes, homme et femmes. Il y avait souvent des joutes verbales, accompagnant des chants lyriques. L'heure de la poésie était toujours le moment le plus attendu, tant les Kabyles accordaient une place centrale au choix des mots.

Malha, fille de Haj kaci, se rappelait de quelques mots prononcés par son père en direction de Taadourt, tels qu'ils furent rapportés par des témoins.

- A teffahs Ou mellakou.
- Itsebwan ur irekou.
- Tin youghen tizyas techfou
- Tadsa ger meden ats tetsou

- *Ô pomme de Mellakou. Une région de l'ouest Algérien.*
- *Qui murit et ne pourrit jamais.*
- *Celle qui épouse un congénère*
- *Elle oublie le rire en public.*

Taadourt lui donna une réplique plus vive, disait Malha. Le malaise et le rire se mélangeaient tel qu'à partir de ce jour, les sages du village se résignèrent à abolir la mixité dans toutes les fêtes de mariage.

Haj Kaci décéda vers l'année 1919, alors que son fils ainé Mokrane était déjà un adolescent. Malha se rappelait qu'à la mort de son père, « Les Kabyles mobilisés, revenaient de la grande guerre. Son fils cadet Moh El Haj, était né depuis quelques mois seulement ».

Abderrahmane

Peu après le milieu des années trente, Abderrahmane-N-hend, était déjà un quadragénaire bien assumé. Très matinal, peu avant l'aube, il se dirigeait régulièrement à la mosquée mitoyenne, et n'en ressortait qu'à l'aurore. Son chemin piéton étroit, Tacherchourt, passait tout près de la maison de Hend Ouamar.

Le fils de ce dernier, Ali Hend Ouamar, naquit en 1895, voila plusieurs années qu'il était marié, probablement bien avant l'année 1930. Mais le syndrome de la stérilité semblait le guetter, et hanter son épouse, Fadma Taaliths.

Cette dernière, se résolut un jour à forcer la main à son destin, et se leva assez longtemps avant l'aube. Elle alluma le feu et prépara une galette molle, pour la quelle la levure était nécessairement laissée monter et fermenter depuis la veille. Elle attendit sur le chemin, près de la maison, juste à l'heure de la prière et intercepta Abderrahmane qui revenait de la mosquée, couvert dans son burnous blanc, et son visage pratiquement caché par la capuche. Elle mit entre ses mains les galettes encore fumantes, et prit congé. Ce dernier lui psalmodia alors des prières comme il savait les faire. On dit qu'il était un expert dans la prière oralisée et lyrique. C'était vers la fin de l'été. Fadma rentra à la maison avec la certitude de pouvoir espérer des jours meilleurs. Elle n'attendra pas au delà de quelques semaines avant d'être enceinte de son premier enfant. Ce n'était pas encore l'hiver.

Lounès

Fernan El Hanafi, était l'un des précurseurs les plus actifs du Mouvement national. Il fut mortellement blessé le 18 mai 1955 au cours d'un accrochage avec la police coloniale de Belcourt, au chemin Vauban à Alger.

Il succomba à ses blessures deux jours plus tard à Chebli, où il fut clandestinement enterré. Il avait un neveu qui était militant du FLN, installé en Allemagne durant les années de la guerre de libération.

« Un jour, en Allemagne, je discutais avec le neveu de Fernan. Nous ne nous connaissions pas encore. Alors, Fernan me demanda le nom de mon village d'origine. Je répondis « Igherbiene Nat Jennad ».

Fernan fit un bon en arrière, le visage devint blême, il me regardait hébété, pendant un moment d'hésitation et d'appréhension, et il reprit ses esprits et le fil de la conversation, avant de me demander ;

- Alors tu connais un homme au nom de Lwennas Igherbienne ?
- Oui, il est de mon village.
- Il a commis beaucoup de dégâts dans mon patelin !

Lounès devait être né vers 1900. Lui, son frère cadet et son ainé Arezki, étaient encore enfants lorsque leur mère décida de quitter le village.

Elle apprit de la part de son mari, qui venait de rentrer un soir à la maison, qu'il avait fini de vendre toutes ses terres, au profit de ses cousins, Amokrane et Hend Ouamar entre autres. L'épouse, qui était originaire de Mira, prise d'une crise de nerf à cause de cette grave naïveté de son époux, s'en alla sur le champ, laissant le mari seul à la maison. Elle marcha toute la nuit, emportant avec elle ses petits. Ce fut aux environs de 1910.

Elle se dirigea d'abord vers son village natal où elle confia ses enfants à ses cousins entres autres, pour les recueillir et les garder pour un temps indéfini. Ils se mirent à travailler la terre et le pâturage pour le plus jeune. Arezki avait 11 ans.

La mère esseulée se retrouva plus tard près de Tawint ou Lekhrif. Il y avait déjà sur place une famille immigrée d'Imesunen.

Arezki et le frère cadet, continuèrent à travailler sérieusement. Le plus jeune finit par acheter un terrain à Tawint ou Lekhrif. Arezki, s'installa à Guendoul.

Lounes, quant à lui, progressivement, il glissait vers le banditisme.

Il vivait le clair de son temps à Larbaa Nath Irathen. Il marchait beaucoup, il aidait les gens comme chasseur de prime, l'un est agressé, l'autre a été volé, il devait alors intervenir. Et toute action avait un prix. Mais il revenait au village parfois, surtout pour se rappeler ses terres.

Plus tard, Lounès voulut se voir restituer les terres de ses parents. Il les réclama alors auprès d'Ali Hend Wamar, qu'il menaça de mort s'il ne daignait pas satisfaire à la demande du cousin devenu étranger. Il lui fixa un délai pour signer le document de cession.

Dans la semaine où le délai fixé devait expirer, les gendarmes qui l'avaient auparavant blessé se mirent à sa poursuite. Ils le rattrapèrent après un long parcours sur son chemin vers vers Azazga. Capturé, Lounes resta près d'un mois en prison.

Des témoignages affirment qu'Ali Hend Wamar, lui avait promis la restitution de ses terres.

Emprisonné à Tizi Ouzou. Sa mère lui rendait visite régulièrement. Mais il avait déjà beaucoup d'ennemis. Près d'un mois après, empoisonné par des habitants de Larbaa, manifestement, il mourut en prison de Tizi Ouzou vers l'année 1948.

A sa mort, le commissariat prit contact avec sa mère, qui se dépêcha sur place aussitôt. A son arrivée, les policiers, le commissaire, se levèrent et enlevèrent leur chapeau en signe de respect pour saluer la dame endeuillée.

Il y eut des funérailles protocolaires, en présence de sa mère et ses frères. Il fut enterré au cimetière de M'douha. Sa mère vécut jusque 1962. Jegiga g-Yahia, belle-fille d'Arezki, connaissait la mère de Lounès. 'Elle était déjà centenaire' se rappelle-t-elle encore.

Yahia

Cheikh Salah, un imam d'une grande notoriété dans la région d'ath Jennad, instituait à la Zawia de Timizart N Sidi Mensour. Il apprit un jour qu'il était menacé de mort et sa tête était mise à prix. Un tueur à gage connu était déjà prévu pour accomplir la besogne. Le Cheikh était informé qu'il s'agissait d'un habitant du village Tifra, dans la région d'Iflissen Lebhar près de Tigzirt. Le cheikh, depuis, ne sortait plus de chez lui. Seul son frère s'occupait de ses communications extérieures et autres besoins en tout genre.

Le frère du cheikh rendit visite alors à Moh Amechtoh, un notable du village Igherbienne ou fella. Ce dernier intervint et fit appel à un certain Yahia. Convaincu que ce dernier serait pour cette affaire, tout à fait dans son élément.

Yahia naquit à Nezla, devenu plus tard village Igherbienne Bwada, vers 1890. Son père, était encore jeune quand il quitta le village. Il faisait partie de la grande famille exilée, devenue Ath el Hocine, chez les Ath Kaci. Yahia vécut adulte comme chasseur de prime et hors la loi. Il était connu en Kabylie, en particulier par ses pairs, et autres commanditaires, potentiels et habitués ou victimes de basses œuvres.

Yahia monta sur son cheval. Galopa à toute allure, jusqu'à la devanture de la maison du fameux tueur à gage à Tifra. Il trouva sa fille devant la maison et l'interpela.

- Ou est ton père ?
- Il n'est pas là.
- Dis-lui quand même de venir me voir.

La fille, après courte hésitation, rentra à la maison, et décrit à son père l'homme menaçant qui le réclamait.

Le concerné était pris de d'un stress palpable. Hésita un instant, et il finit par se montrer, même s'il était persuadé qu'il serait menacé de mort à son tour. Un influent personnage l'avait déjà payé pour la tête du cheikh Salah. Les deux hommes se mirent à part loin de la petite fille, et échangèrent quelques mots, sur un ton viril et cordial.

- As-tu l'intention de tuer Cheikh Salah ?
- Tout à fait.
- Alors tu ne le feras pas !

- Mais si, j'ai déjà dépensé la moitié de la somme perçue.
- Tu vas aller voir le commanditaire, et tu lui diras 'nous avons déjà dépensé tout l'argent, et le cheikh ne sera pas tué. C'est de la part de Yahia Nat Jennad'.
- Comment ça ?
- S'il arrive un problème à Cheikh Salah, tu seras mort.
- Ça ne va pas être facile.
- Si tu es menacé par ton commanditaire, je serai à tes côtés. s'engagea Yahia.
- Alors le cheikh ne sera pas tué. Promit le tueur à gage.

Ayant atteint l'objectif pour lequel il y était venu, Yahia repartit sur son cheval, galopant. Il retrouva le frère du cheikh et annonça la nouvelle.

- Ton frère peut maintenant sortir. Il n'est plus menacé. Le tueur l'a promis.

Le cheikh fit venir alors Yahia à la Zawia de Sidi Mansour et lui proposa :

- Comment pourrais-je te remercier ?
- 'De la prière pour mes filles'. souhaita Yahia, qui ne souffla pas un mot sur ses garçons.
- Elles vont alors toutes s'épanouir, même la non-voyante. Promit le cheikh.

Plus tard, le fils de Moh Amechtoh, Ahmed, par sa deuxième épouse Tagemount, épousera Wrida, la fille cadette du chasseur. Wrida, se rappelle encore un peu de son père.

Wrida

Je suis mariée 3 ans avant la guerre. Je n'avais pas suffisamment connu mon père.

C'était un agriculteur. Il s'occupait de la terre au début. Il payait un ouvrier pour travailler son exploitation. Lorsque ses enfants étaient plus grands, c'était eux qui s'occupaient de la paire de bœufs pour retourner la terre.

Mon père et Zi-Abderrahmane faisaient souvent affaire ensemble. Ils avaient des liens plus souvent basés sur le travail et l'échange. Parfois ils se tenaient compagnie pour le marché hebdomadaire, pour écouler leurs récoltes, mais leurs chemins finirent par se séparer tant les objectifs et les modes de vie se ressemblaient de moins en moins.

Il protégeait les gens. Il se battait pour les pauvres. Quand quelqu'un était agressé, il venait demander secours auprès de Yahia. Si quelqu'un se faisait arracher ses biens, il intervenait pour menacer, « tu rends à un tel ce que tu lui as pris ou je t'allonge ». Il disait, « j'ai toujours pitié des pauvres » et il refusait de recevoir d'eux de l'argent, il ne demandait que la prière pour ses filles. Il était toujours à cheval, avec un fusil, un sac de munitions, et un ceinturon. Il a émigré en France, pour travailler pendant cinq ou six ans puis il est revenu.

Il avait les cheveux roux. Ses moustaches étaient blondes, bien fournies et grisonnantes. Ses yeux bleus ne passaient pas inaperçus. Il avait un bon gabarit bien constitué et musclé.

Il était de taille moyenne, ni petit, ni grand, Il avait beaucoup de charisme. Il décéda près de deux ans avant la guerre de libération. Il n'avait que 63 ans. Il est mort avant d'avoir les cheveux gris.

Ahmed Moh Amechtoh

« Durant les années fin 40, début 50, son père étant arrivé au grand âge, depuis déjà très longtemps, Ahmed Moh Amechtoh, seul garçon, ne lésinait pas sur ses forces pour maintenir le dynamisme économique de la maison. A l'heure où tous les villageois faisaient la sieste, Ahmed sortait au milieu de la journée, sous le soleil brulant d'été, aggravé par l'atmosphère poussiéreuse de la plaine Azaghar. Il était souvent muni d'une gamelle, une gourde, une faux, ou autre outil rudimentaire, pour récolter les céréales, dans les champs interminables à Tighilt Ferhat»

Ali Nath Amar

« Je me souviens d'Ali Nat Amar. Il avait un seul garçon, Moh Saah. C'était l'un des premiers du quartier Ath Amar. J'ai souvenir de lui, durant les années 40. Il mettait des bottes de cuir de bœuf, attachées avec des ficelles qui remontaient jusqu'à ses genoux. Je passais avec mon troupeau de bétail, je le trouvai en train de reconstruire un muret de pierre dans son terrain à Tilmatin Tiguezarin, à l'extérieur du village. Son père était le frère cadet du père de Moh Amechtuh ».

Hemd ou Umallul

« Ahmed Umallul était un bandit très connu dans la région. Il habitait Kahra. Il s'était fait arrêter par les autorités françaises suite à un crime. Sa sentence fut alors de l'envoyer à la prison de Cayenne, dans la Guyane française. C'était le cas de la plupart des hors-la-loi de l'époque ».

« En 1949 il était revenu de la Guyane, après avoir purgé sa peine. Il se mit alors à préparer son mariage ».

« Il se maria vers l'année 1950. Ce jour là, j'étais au courant de l'évènement de la soirée. Je me dépêchai alors de ramasser et de ranger la récolte, des figues sèches, à Tighilt Ferhat, afin que je puisse me rendre à Tala Gueghsan à temps. J'y étais attendu par un homme d'un certain âge, Mhend ou Lwennas, du village Ibdache. Il était sage et très généreux. C'était de là que nous partîmes avec lui, pour assister au mariage d'Umallul ».

« Hend était vêtu d'une tunique, un turban appelé en kabyle el bechta et un sarouel. Il dansait devant Idebalen, tout amusé ».

« Des gens spéculaient sur ses ennemis ce jour là, ceux qui l'auraient balancé. On disait que c'était eux qui lui auraient payé les frais de ce mariage. Il se paya d'ailleurs deux troupes Idebalen. Ce serait pour eux un moyen de se racheter et d'éviter ses représailles».

« On racontait qu'un jour, un caïd et un garde champêtre, rentrèrent dans un café maure. Ils trouvèrent à l'intérieur Hend Umallul entre autres. Il était assis, à table, en train de boire. Son fusil était appuyé contre un mur. Ils se dirigèrent naturellement vers lui et l'interrogèrent.

- C'est à toi le fusil ?
- Oui.
- Vous avez le permis de port d'armes ?
- Non, je n'en ai pas.

- Nous le récupérons alors.
- D'accord, prenez-le.

« Ils prirent le fusil et tournèrent les talons pour se diriger vers la sortie. Ils n'eurent pas le temps de faire un pas qu'Ahmed les rattrapât courtoisement avec un imparable rappel ».

- Mais ma mère m'a vu ce matin quand j'ai quitté la maison. Elle voyait bien que j'étais muni de mon fusil !

« Les deux agents hésitèrent un instant, comme frappés d'une torpeur. Puis, ils se résignèrent à lui restituer le fusil. Ils étaient sans doute conscients de l'esprit de vengeance animant l'irréductible hors-la-loi ».

« Des gens témoignèrent que Hend Umallul avait été très utile durant la guerre de libération pour le compte de l'armée de libération ».

Messali

« A Aghribs, Messali fit un jour un discours sur un rocher. Un homme lui tenait la main tout le long de son allocution pour assurer son équilibre ».

« Nous sommes tous allés le voir à Agouni Cherqi. Il y était venu ce jour là, car c'était le jour du marché. Pour faire un discours devant une assemblée publique assez nombreuse ».

« A la fin de son discours, Il partit d'Agouni Cherqi pour se rendre à Timerzuga à bord d'une voiture. Nous les jeunes, fîmes la route à pieds. Nous-fumes quand même arrivés à Timerzuga bien avant lui. Tahar Moh Belhaj était notre chef. C'était le chef des jeunes militants ».

« A la fin de son discours à Timerzuga, Na Taadourt échangea une embrassade avec Messali. Saïd Aadour, un cousin éloigné de Yema tamghart, le reçut chez lui pour déjeuner, à Timerzuga. C'était dans cette vieille maison encore intacte aujourd'hui, en dessous de la route, juste avant l'intersection qui mène à Tala t-Gana ».

« Pour la soirée, il était invité chez des gens à Ighil Mehni. Il y dina et passa la nuit. C'était vers l'année 1949. Je n'avais pas encore quitté la région ».

« Messali, c'était aux Kabyles qu'il faisait le plus confiance. Même son cuisinier était Kabyle. Mais il avait un problème avec l'identité. Il ne voulait pas entendre parler de la berbérité de l'Algérie. Trop influencé par un certain Arsalan ».

« Parmi les messalistes, il y avait beaucoup de Kabyles. Car Messali était un révolutionnaire. Il ne demandait pas l'égalité des droits. Il parlait directement d'indépendance. Ce n'était pas comme Ferhat Abbas, Bachir ibrahimi et Ben badis».

« En 1936, il revenait de France, il devait faire un discours à Alger. Ils avaient tous parlé des droits et davantage d'autonomie. Messali prit une poignée de terre, et déclara devant la foule -cette terre n'est pas à vendre, et personne ne l'a achetée. L'indépendance ça ne se donne pas, ça s'arrache-. Depuis ce jour il a conquis tous les Kabyles. Les Kabyles ont toujours été des révolutionnaires. Si seulement il n y avait pas de conflits entre eux ».

Zarouali, né en 1921, et Mohand Saïd Mazouzi, né en 1924, étaient de Dellys. Deux grands militants du mouvement national. « Ils tirèrent un jour sur le Caïd Mohand n-Saïd ou-Belaïd, qui était installé à Tikoubaine et le blessèrent légèrement ».

« Ils prirent le maquis des 1945. Ce fut juste après le massacre de Kherrata du 8 mai. Ils avaient répondu à l'appel de la direction du PPA d'aller au maquis, lancé dans la foulée des évènements. Il y eut par la suite un contre ordre, pour ne pas prendre les armes. Mais Mazouzi et Zerouali étaient déjà loin et ne furent jamais rentrés. Ils finirent par se faire arrêter dans un champ de céréales en octobre 1945, sur trahison d'un de leurs anciens camarades. En plus des tortures qu'ils subirent, ils furent jetés en prison.

Chara

« Les premiers rebelles, comme Ouali Benaï, Hammouda Amar et Ait Ahmed, se réunissaient souvent dans un terrain à Laazib n Cheikh Mohand, près de Laarbaa Nat Irathen ».

« Le père de Chara les trouvait affalés à l'ombre et les réprimanda un jour en ces termes 'vous ne devriez pas rester là à vous prélasser comme ça, comme des feignants. Vous devriez aller travailler la terre'. Chara expliqua alors à son père 'ils sont la pour se réunir, parler politique et se réfugier'.

Ouamrane

« Sous Aqunja, dans le village Igherbiene, en plein jour d'été, Moh Cheikh se promenait tranquillement, au milieu des arbres de frêne, près d'une maison appartenant à la famille Ouacif, quand soudain un homme bien baraqué, lui apparut en tricot de peau, le fixant des yeux sans échange de mot. L'adolescent fut surpris, se hâta d'arriver à la place d'Aqunja pour raconter, et y trouva Mohand N Said, et lui demanda » :

- C'est qui ce mec aux bras musclés que j'ai trouvé sous les arbres ?
- Va lui ramener Ahmed ton ainé, pour un duel avec lui, le taquina Mohand-n-said Ouacif

C'était Amar Ouamrane.

« J'ai eu l'occasion de voir Ouamrane à Abizar. Il y avait une célébration rituelle, ils invitèrent alors, Kaci Ihedaden, Oucharqi et Ouamrane. Ce dernier fit un discours à la fin. Il était déjà nerveux à cette époque, quand il s'exprimait. Il était de taille moyenne, plutôt fort. Il était le chef de notre secteur, souvent logé à Igherbiene ».

« A cette réunion publique, Vriruch vanta les grandes qualités d'Oucharqi, un futur maquisard, sergent dans les rangs de l'ALN. Il était du village Boussehel. Ce dernier tomba au champ d'honneur, lui et deux de ses enfants. Kaci Ihadaden devint capitaine par la suite ».

« Un jour, Ouamrane revenait d'Azeffoun, il était chez un ancien militant, où allait souvent pour se réunir. Il fut ce jour-là balancé. Il était assis aux sièges arrière. Le bus arrivait au niveau d'Aassas Tiwidiwin, où des gendarmes tenaient un barrage, alors le bus s'arrêta. Les gendarmes montèrent dans le bus, ils avaient vérifié les papiers de tous les passagers quand ils arrivèrent aux sièges arrière. Ils demandèrent à Ouamrane,

- Vos papiers Monsieur !

Il fit mine de les chercher, puis s'excusa.

- Je les ai oubliés à mon travail. Je travaille dans un Hammam à Azeffoun. Je vous jure, j'ai dû me retourner quand je faisais ma pause, et les papiers seraient tombés de ma veste. Si vous voulez j'y retourne pour les chercher.
- Non, vous n'y retournerez pas. Levez les mains.

D'un geste prompt, Ouamrane dégaina un pistolet 9 mm, et répliqua narquois aux gendarmes.

- Non, c'est à vous de lever les mains.

Et lança au Chauffeur,

- Ouvre la porte arrière.

« Il mit les pieds dehors, puis tira deux coups de feu pour intimider, sans vouloir toucher, puis s'évanouit dans la nature ».

« Dans les jours suivants, en réunion, dans la région d'Ath Jennad, il raconta l'histoire, mais tout à la troisième personne. Laissant sa place à un inconnu dans son récit ».

« 'Voila ce qu'un homme courageux a fait. Nous devrions tous nous en inspirer', recommanda Ouamrane».

« Omar Boudaoud était de Tigzirt, militant du mouvement national et un ancien membre de l'organisation secrète. Un jour, Ouali Benaï arrêté, était transféré d'une prison d'Alger vers Tizi Ouzou. Il était dans un fourgon de police. Boudaoud voulant alors le libérer, il fit une embuscade près de Tizi Ouzou pour attaquer le fourgon. A son arrivée, le fourgon était déjà passé ».

Mohand ou-Abderrahmane, Ait Slimane de son vrai nom, naquit en 1925 au village Igherbiene. C'était un élément très actif du mouvement national dans la région d'Ath Jennad. Il avait l'habitude, très jeune, d'assister aux réunions des plus anciens dans le mouvement. Il jouissait d'une qualité oratoire reconnue, appuyée par sa voix grave et détonante. Il raccompagnât un jour, un certain Lahouel Hocine, sur un dos d'âne, traversant le village en direction de Mira, lui et Idir-Ou-Saïd.

« Zi Mohand marchait beaucoup dans le froid, dans la neige, pour accomplir ses missions politiques ».

« Ouanouch était un Caïd bien avant la guerre, habitant le village Mira. Zi-Mohand, distribuait des tracts, et certains étaient écrits en arabe, il les jetait alors dans la cour de la maison du Cheikh Arravie. Des gens dans le village le surent. Un homme rompu à la délation, le balança auprès du fameux Caïd. Ce dernier le convoqua alors chez lui. Il devait s'attendre à une dénonciation à la gendarmerie puis une arrestation. Le Caïd lui recommanda seulement d'aller travailler et s'occuper de sa famille. Mohand ne fut jamais signalé aux autorités françaises sur cet acte.

« Ouamrane, envoya un message à Zi-Mohand pour assurer une mission, par l'intermédiaire de Hemd-n-Cheikh, mais ce dernier ne daigna pas transmettre la missive. Ainsi Zi-Mohand fut pris au défaut d'assiduité à ses responsabilités, probablement par jalousie ».

Les réunions avaient souvent lieu soit à la mosquée, soit dans dans les buissons de marne, dit Azrar, situé au dessus du ruisseau, près des sentiers vers Tamaright, afin de rester loin des regards et des oreilles indiscrets.

Les militants PPA du village c'étaient : Zi Mhend ou-Slimane, Zi Moh elhaj, Mohand n-Saïd Ouacif, Mohand said Moh ou-Lhoucine Ouacif, Mohand Amokrane Tighilt Ferhat et son frère Mhend ou-

Mokrane, Moh ou Rezki n-Said Ouali Amrous, Mohand n-Moh ou-Said, Tahar n-Moh belhaj et Zi-Mohand.

Said Adour était le chef de la région à l'époque et Ouali Benaï était son chef direct.

A la même époque, Zi Amar nous entrainait à Agouni lakhmis, il y avait parmi nous Mohand n-Mhend.

« Nous faisions des entrainements à Agouni Lakhmis. On apprenait entre autres à se protéger de l'explosion d'une bombe, et à passer sous les barbelais. Les entraineurs à cette époque, c'étaient Zi Amar n'Hend, Zi Mhend Ou Slimane et Hemd-ou-Maroc. C'était eux qui avaient fait le service militaire. Zi Amar notamment, avait fait la guerre mondiale, c'était le plus expérimenté, ...et Moh cheikh était parmi nous ».

« A cette époque, le premier chef national était Hocine Ait Ahmed. Pourtant, personne dans la région ne le connaissait. Mais nous connaissions tous Ouamrane. Car il venait souvent dans le village. Il dormait chez Mohand-N-Saïd Ouacif. Chez-nous, il y avait un arabe. C'était un réfugié, recherché par les autorités. Zi Hmed s'enorgueillit alors devant sa mère des vertus de la langue arabe. Car il était le seul à pouvoir faire l'interprète à l'époque dans la famille, correctement. Il était à cette époque le plus arabisant de tous. Il avait beaucoup travaillé dans les régions de l'ouest ».

On racontait que Said Adour réclamait une retribution pour sa tenue de la permanence du mouvement, se justifiant qu'Ouali Benaï, lui, était payé pour ses horaires formels. On disait que Said Adour se serait retiré à cause du refus de la direction de lui accorder un salaire. C'était bien avant le déclenchement de la guerre. Bien par la suite apparut le nom d'un certain Vrirouche et sa stature.

Zi Mhend ou Slimane, Mohand Amokrane, et Moh ou Rezki n-said Ouali se rendirent chez Vrirouche pour le voir, à Iajmad. Il avait alors confectionné entre trois murets de pierres un café maure de fortune à ciel ouvert, où il préparait du café pour ses clients qui passaient leur temps à jouer au poker. C'était son commerce, son gagne pain.

Ils le prirent à part et commencèrent à lui parler politique. Ils le convinquirent de rentrer au PPA, dont il finit par être chef régional.

Mhend ou Slimane

« Zi Mhend était un grand technicien. Un maçon et un électricien. C'était lui qui avait fait toute l'installation du réseau électrique du village Cheurfa. Le réseau est resté fonctionnel à nos jours. Il avait une boutique d'alimentation générale au nord du village, à Adghagh Amellal. Il conduisait également le car d'Ali Omar.

« Je me souviens de Zi Mhend, qui rendait fréquemment visite à mon père. Il lui parlait souvent politique, alors que mon père n'était pas encore assez branché à ce milieu ».

Un jour, lors des funérailles d'un homme dans le village, en début des années 1950, des jeunes se levèrent et entamèrent la danse rituelle des morts, qui impliquait parfois d'entrer en transe, une tradition du Soufisme. Mhend ou-Slimane révulsé par cette scène, et l'inclination à l'ivresse en tout genre, se leva et les remit sèchement à leur place dans tous les sens du terme. Il les sermonna ensuite sur leur indifférence vis-à-vis des préoccupations du moment, le mouvement national était déjà en effervescence.

Sadia

Un jour je quittais la maison, quand je tombai sur un homme, qui arrivait vers chez nous. Je ne le regardais pas dans les yeux. Je lui dis machinalement, « bonjour Zi M'hend ». Il me répondit « bonjour », et là je compris que ce n'était pas Mhend ou Slimane mais un inconnu, qui cherchait après Zi-Mohand.

- Est-ce qu'il est à la maison ?
- Il n'est pas là, je vais l'appeler, en attendant restez à l'intérieur.

Il ne fallait pas qu'il soit vu des voisins. Il y avait des gens qui aimaient contrôler et s'informer sur tout ce qui entrait et sortait.

Je me rendis à Assiakh, j'y trouvai Zi Mohand, je lui dis « quelqu'un te cherche ». On rentra alors ensemble, en discutant tranquillement.

Na Zahra était dans la cuisine, rentra dans le sejour et trouva l'inconnu. Surprise, elle en ressortit aussi tôt furtivement, et croisa ma mère, qui la rassura,

- C'est notre invité, on va s'occuper de lui.

En arrivant, Zi Mohand voit notre invité, et se tourne vers moi et me dit « merci ma nationaliste préférée. On va te marier à un goumier pour que tu le convainques de revenir au nationalisme ».

Mohand ou-Idir

« Le 8 Mai 1945, nous étions un groupe de jeunes à Agouni lakhmis, nous chantions par dépit « aka ydous, lalman irebhit errous ».

C'est ainsi, l'Allemagne est battue par la Russie. Nous étions, dans l'opinion générale plus proche de l'Allemagne durant ce conflit.

La faim

« Un jour Zi Moh Said revenait de l'ouest, nous sommes allés le voir ma mère et moi, il mangeait alors « abissar », et moi j'avais le hoquet. Ma mère me tapait dans le dos pour que ça passe. Et quelqu'un a dit « c'est qu'il a envie d'en gouter »

« A une période, on remarquait que j'avais une sorte de cécité. On expliqua alors que c'était du fait que je marchais pieds nus sous le soleil, trop fréquemment ».

« Dans nos repas, il n y avait pas de viande, seulement des légumes. Mais Dieu donnait toujours des moyens pour survivre. On mangeait beaucoup de végétation. Ma mère fabriquait des vermicelles à partir de la patte de semoule. C'est celle là qu'on mangeait au sehour durant le mois de Ramadan ».

Le paysan

Mohand-Idir s'occupait depuis son jeune âge dans le pâturage. Il n'avait pas moins de 70 têtes de bétail, entre brebis et chèvres. Les chèvres étaient plus dominantes, vu le prix d'achat, les frais d'élevage et la géographie montagneuse plus propice aux animaux grimpeurs.

« Le troupeau de chèvre, était une association avec Si Moh Oumhidine, déjà émigré en France à l'époque. Je m'occupais parfois de vaches aussi, c'était une association avec Moh Belhaj ».

« Mon père ne pouvait pas acheter du bétail, il achetait des terrains à Kahra et Tighilt Ferhat. Il les cultivait. Avec l'argent de la récolte on achetait vêtements et nourriture ».

Mais les villageois n'avaient pas le loisir de faire du pâturage dans toute la forêt librement.

Une limite était fixée par les autorités françaises. Elle était marquée par un chiffre « 20 », gravée sur un rocher, et située à quelques dizaines de mètres d'Achrouf Igarfiwen. C'est un rocher très haut, aux hauteurs d'Anzamri, surplombant la forêt d'Ighil Nat Jennad. A près de 800m d'altitude, au nord du village Igherbienne près de Mira.

Il avait l'habitude de franchir cette frontière à l'insu du garde champêtre, pour se rendre à Tala Gourawen. Une source d'eau, ombrée, très entourée d'arbres et d'une broussaille très dense.

Arezki ou-Yahia

Tala Igourawene, deviendra par la suite, un lieu de rendez-vous très prisé par les maquisards de l'ALN. Un lieu de ravitaillement que fréquentait souvent Moh Ourezki Ouyahia Touagoua. Il décrivait ces maquisards en ces termes « Je leur apportais du pain de maison et des oignons. Ils en mangeaient avec gourmandise. Ils retroussaient souvent les manches, laissant voir des bras musclés, peu bronzés, tant ils ne se déplaçaient qu'à l'ombre ou la nuit ».

Mohand-ou-idir se rappelle de Moh Ourezki-ou-Yahia à l'époque d'avant la guerre. « Il était très bagarreur dans sa jeunesse. Il lui arrivait souvent de se battre avec Tahar Moh Belhaj. Il avaient le même âge, mais aussi même force des poings ».

Son frère cadet, Saïd ou Rezki ou Yahia, naquit au milieu des années 1930. Taadourt, qui sortait pour aller lui couper le cordon ombilical, n'était arrivée qu'à mi-chemin, dans la rue Azniq te Slent, quand on la rappela pour revenir couper le cordon de son petit fils Muhend-N-Mhend qui venait de naitre. Mais elle se résolut d'aller accomplir sa mission d'abord chez les Ouyahia, avant de revenir auprès de sa belle fille Tassadit Meziane.

« J'étais en train de jouer avec Said-ou-Rezki, lorsqu'on apprit que son père Arezki, fut mordu par un lion, dans la forêt d'Anzamri. On apprit que le lion tentait de l'avaler, ses dents arrivaient au niveau de son cou, puis il le recrachât et l'abandonna ».

Selon Si Miloud Bouksil, 'des femmes l'arrachèrent des griffes du lion. un lion est dans sa nature timide face à une femme. Il n'oserait pas l'attaquer'.

« On le ramena alors sur une civière en bois confectionnée sur place, choqué. Il survécut sur le moment, mais la salive ayant pénétré dans le sang, il développa une irritation au niveau de sa tête et les bactéries eurent raison de sa santé. Il rendit l'âme au bout de quelques jours ».

« Cheikh Erravie, d'origine d'Ighil Lakhmis, instituait comme imam dans le village Igherbiene, est venu voir mon père et lui proposa de m'envoyer pour intégrer la zawia. Il trouvait que j'étais bon élève. Je retenais facilement les versets coraniques ».

« Mais mon père pensait d'abord à ces chèvres qui assuraient le beur, le fromage et le lait, et parfois on en vendait un bouc. Il déclina alors courtoisement la proposition du cheikh ».

« J'ai intégré par la suite l'école d'Ibdache. Pendant près de deux ans je prenais plaisir dans les apprentissages. Les professeurs appréciaient mon travail. Ils disaient « c'est joli ». Les deux professeurs étaient Kabyles, de la région, l'un des deux était d'Ibdache même. Lors de la période de vacances scolaires, j'ai pris l'habitude d'aller chercher du bois. Une tâche qui prenait le clair de mon temps ».

Mais Zi-Ahmed et Zi-Mohand voulaient que j'arrête l'école et que je poursuive le ramassage du bois. Personne d'autre à la maison ne me suggéra de retourner à l'école. Ça devait être l'année 1947 ou l'année 1948.

Notre agriculture était basée sur l'huile d'olive, et des figues sèches. On en vendait beaucoup. Il en restait toujours pour notre propre consommation.

Zi Mohand vendait des figues sèches à Tizi Ouzou. Ali Omar passait avec son camion et ramassait les vendeurs avec leur production. Durant toute la saison, et avec les recettes on acheta une paire de bœufs de trait et de labour.

Un jour l'un des bœufs tomba dans un puits à Azaghar, on le retira avec l'aide des agriculteurs présents, tout invalide, on le sacrifia sans attendre. Nous improvisâmes sur place Timechret. Nous récupérâmes une certaine somme. Les pauvres ne furent pas obligés de payer leur part de viande.

« A l'époque, Arezki-n-Bakhlich, était encore trop jeune, il avait une sorte de mal formation aux jambes, qui lui causait de la fatigue quand il marchait un bout d'un temps. Sa mère, Fadma-n-Moh Amechtoh, m'attendait souvent, avec lui, et son troupeau de bétail sur mon chemin. Elle les fait joindre au mien, et Si Rezki m'accompagnait en suivant derrière le grand troupeau. Quand on arrivait à Tizi-t-Gawawt, Si Rezki qui se retrouvait souvent à l'arrière, par difficulté de rattraper le rythme du troupeau, il ralentissait et au bout d'un moment il s'arrêtait, me laissant poursuivre la marche tout seul avec les bêtes. Il revenait alors à la maison sans même que je m'en aperçoive ».

Arezki n-Bakhlich, avait un autre frère ainé, en plus de Mohand et Belkacem. Il fut tué par la froid, la neige et la faim, à l'âge du début de l'adolescence, vers le milieu des années trente. Son père alla le chercher, le porta sur ses épaules, depuis Ighil jusqu'à la maison. D'autres racontent qu'il aurait été assassiné par des jeunes de sa connaissance.

Sadia

Sadia, née peu avant la fin des années trente, d'Abderrahmane et de Titem

Tabsekrit, au village Igherbiene. Mais elle fut présumée 1935, afin de pouvoir la marier à un certain Tahar Moh Belhaj.

Sadia fut mariée à Tahar très jeune, vers ses 13 ou 14 ans. Le jour du mariage, la célébration fut grandiose, limite exubérante. Une troupe Ideballen assura une ambiance éclatante. C'était une fête que personne d'autre dans le village n'avait les moyens de faire à cette époque.

Moh Belhaj possédait une gargote près de la plage, à Alger. Beaucoup de jeunes d'Igherbiene purent y travailler. C'était comme l'escale indispensable pour conquérir Alger.

On raconte que les autorités françaises auraient accordé au père de Moh Belhaj cette boutique en récompense de son travail dans la plongée. Il faisait une plongée de 12 m pour atteindre l'ancre des bateaux, dans le port d'Alger. D'autres témoins de l'époque racontaient également qu'il aurait gagné ce petit commerce, pour avoir attrapé un criminel dans a rue, en aidant ainsi les autorités. Toujours est-il qu'il semblait descendre d'une lignée d'hommes rares.

« Taher Moh Belhaj, était un bagarreur de renom dans la région. Il se trouvait un jour dans le café maure d'Ali Omar, à Agouni Temlilin, assis sur un tapis, encompagnie de Hemd-ou-Abderrahmane, comme beaucoup à l'époque dans un café. Un homme qui venait de rentrer se dirigea vers lui, et voulut le dégager de sa place. Il se pencha alors vers Taher et le menaça. Taher ne patienta pas longtemps. D'un brusque et imparable mouvement, il lui asséna un coup de tête et le ramena à terre. Sa réputation fut depuis installée. A cette époque, il ne s'agissait pas de savoir frapper, mais d'oser frapper. C'était cela qui faisait la différence. Taher était d'une petite taille. Un homme sec et plutôt musclé, au geste vif ».

Son ami de l'époque d'avant la guerre, c'était Atermoul. Un homme hors catégorie, du village Imsounène. C'était un tueur, un dur.

« Je me souviens d'Atermoul lorsqu'il était venu voir Taher à Agouni T-qaets, durant les années 40».

- Taher moh belhaj est dans le coin ?
- Oui, il est-la bas. Répondis-je.
- Appelle-le, me dit-il sur un ton sec.

Mohand-ou-Idir poursuivit dans le pâturage jusque fin de l'année 1952. Un jour, lassé de cette vie sans horizon, il se rendit chez Ouyidir-Ou-Saïd Amrous.

- Il faut que je vienne avec toi à l'ouest. insista-t-il.
- Tu l'as dit à ton père ? demanda Idir ou-Saïd.
- Oui bien sûr. Il n'en était rien en vérité.
- Alors il te faudra 1000 francs.

Il se rendit chez Moh Belhaj, et lui demanda

- Mon père te sollicite de lui prêter 1000 francs.

Il récupéra les 1000 francs et prit la route vers Sidi Bel Abbes, avec Si-Idir.

A Saida, je travaillais mais je ne touchais pas d'argent de la part du patron. Si yidir s'alternait avec son cousin. Ils étaient les gérants. C'était eux qui embauchaient et tenaient la caisse.

Seuls les pourboires me permettaient de vivre un peu quand je sortais en ville.

« Au bout de neuf mois de travail dans un hammam, Idir-Oussaïd me donna 9000 francs comme salaire. Ce n'était pas beaucoup pour revenir à la maison et acheter quelque chose pour ma mère. J'avais honte de revenir comme ça au village ».

« Saïd-n-Bnamar et Moi, fumes tous les deux dans l'embarras de la décision à prendre sur notre destination.

« Saïd-n-Benamar, surnommé le parisien, fut le premier à me présenter et me recommander pour travailler dans cette région ».

Nous décidâmes finalement de filer vers Mascara. Nous y trouvâmes là bas dans un hammam, Moh Said Ouali Tighilt Ferhat, comme gérant. Nous demandâmes du travail.

- Il y a seulement un poste d'apprenti dans le Hammam. Nous-répondit.
- Vous prenez l'un de nous deux alors ? demanda Said
- Toi, tu as de l'expérience, mais tu ne resteras pas longtemps sur ce poste. Mohand Ouyidir n'a pas d'expérience, mais il pourra y tenir longtemps. Alors je vais retenir Mohand ou Idir. Répondit-il à Saïd-N-Benamar

A Mascara, le patron du Hammam était Moh Said Ouali, il me payait un salaire plein, et à lorsqu'il était remplacé par son frère Ali n-Said Ouali, il laissa à ce dernier la consigne de me « payer comme un adulte ».

« J'avais travaillé quelques semaines, quand Zi-Hmed se pointa à la porte du Hammam. Il revenait de Saïda, où il travaillait, mais il n'y était pas assez bien payé. Il vint alors à Mascara et demanda à me voir et me signifia de repenser mes projets

- Il faut que tu rentres à la maison, il est temps que tu ailles voir les parents. Il y a la moisson des céréales à faire. Je vais devoir te remplacer ici.

« Je n'étais pas très content de laisser ce poste et rentrer. Je dus quand même céder le poste à Zi Ahmed et je suis revenu au village.

« Zi Ahmed y resta un mois tout au plus, puis et il repartit retrouver sa ville favorite, Saïda. Il n'aimait pas l'acharnement au travail. Il aimait travailler, mais tranquillement, même s'il était modestement payé. Ainsi il lui restait un peu de temps pour faire de la bicyclette avec Idir ou-Saïd en temps de repos. Alors qu'à Mascara, le travail était rude, mais c'était très grassement rémunéré ».

« Je suis resté quelques semaines au village, et je suis reparti à Oran. Au bout de quelques semaines, je me suis dirigé vers Belabas, et je finis à Ghilizane.

Après Rélizane je suis reparti pour Sfizef. Là bas je travaillais beaucoup d'heures dans la journée et j'étais bien payé. Mais je me sentais isolé du monde. J'avais peu de nouvelles du village. Je revins alors à Oran. A Oran il y avait des habitants de la région. La ville est plus belle et très grande, c'était très agréable pour les promenades après le travail.

L'emploi pour les Kabyles dans les régions de l'ouest Algérien se passait souvent dans un Hammam. L'émigration vers l'ouest était massive. Beaucoup d'entre eux finirent par s'y installer.

Ces émigrés se relayaient d'une certaine façon au sein de leurs familles restées au village. Ils ne prenaient pas tous congé en même temps. Ils s'arrangeaient pour transmettre de l'argent par le biais de leurs camarades. Au retour au travail, ces derniers, sont souvent chargés par les familles de transmettre un coli, si modeste soit-il aux leurs. Les travailleurs immigrés, avaient le plaisir de recevoir la cuisine gourmande. C'était essentiellement le délicieux Makroud. Cette pâtisserie Nord-africaine en forme de losange, « dégoulinant de miel ».

Mais la misère n'épargnait pas les jeunes Kabyles malgré leur travail en émigration à l'ouest Algérien. Moh-Idir finit par se lasser tellement de cette misère, qu'il finit par projeter d'aller combattre en Indochine.

« Un jour, à Oran, je discutais avec un Ouacif, un homme d'un âge certain, il me suggéra »

- Si j'étais comme toi, jeune et bien portant, je m'engagerais dans l'armée pour aller combattre en Indochine. C'est très bien payé.

On pesait les engagés, et c'était 1000 francs le kilo. Pour un homme de 50 kg, on donnait 50 000 francs. Pour l'époque, c'était une belle somme.

L'idée commnçait à m'intéresser alors pendant quelques temps, et je m'y apprêtais. Au hammam, quand je travaillais, je voyais de temps à autres des clients de la région d'Oran, qui rentraient, mutilés, l'un amputé de jambe, l'autre de son bras. Très vite et progressivement je finis par renoncer au projet. Je ne voulais pas rendre ma mère encore plus malheureuse qu'elle ne l'était déjà.

Pendant mon séjour à Oran, on m'apprit que Zi Amar était très malade. Je le ramènai alors au village. Mon père n'en était pas content. D'abord que je laisse mon travail et et puis surtout que je lui crée ainsi une responsabilité supplémentaire. Car il fallait qu'il veille sur lui et qu'il le surveille. C'était vers le début Octobre 1954.

Je suis resté une semaine à la maison et je suis reparti au travail, sans trop m'éloigner. Je me suis destiné à El Harrach, maison carrée à l'époque. C'était vers la mi-octobre 54, pour y travailler quelque temps. Nous avions l'avantage de la disponibilité des journaux. On pouvait suivre les évènements.

Ce fut le 1er novembre 1954. J'étais toujours à maison carrée. Près du kiosque, un lecteur lisait les informations au public à haute voix.

« Une embuscade était tendue au car de Mhend n-Larbi, le goumier avait pris la fuite, et un civil fut tué par erreur ».

« J'ai quitté ce poste vers la mi-novembre. Je projetais déjà d'émigrer en France ».

« A mon retour d'el Harrach, la guerre de libération avait commencé très discrètement. Le car d'Ali Omar fut renversé par les maquisards, sur la route à son retour près d'Azeffoun. Ils égorgèrent son fils. Le père de ce dernier ne tarda pas à rejoindre son fils, sur la main des mêmes éléments, après les avoir critiqués sur la façon dont ils avaient tué son fils ».

Mhend ou Slimane était conducteur du car. Les maquisards brulèrent le car. Il se sauva en laissant son manteau bruler à l'intérieur. Il n'était pas encore maquisard mais déjà militant très engagé.

Moh El-Haj

Moh el Haj avait émigré en France vers la fin des années 40. Il travaillait à Metz, avec des gens de Larbaa Nath Irathen. Ces derniers lui proposaient de rester pour s'associer dans le commerce. Il répondit, en tapant de sa main sur ses pecs,

- Ceux là ne sont pas faits pour une cravate mais pour recevoir des balles.

Il était revenu au pays vers le début de l'automne 1954.

« Mon père savait qu'une révolution avait commencé, et que je risquais de m'y impliquer. Il ne voulait pas que j'y fusse mêlé, c'était un moyen de m'éloigner. Ça me permettrait aussi de travailler. Pour faire rentrer de l'argent et aider la famille. Il avait alors accepté que j'émigre en France au début.

« J'avais seulement 18 ans, alors j'avais besoin de permission des autorités pour quitter le territoire. Nous allâmes alors mon père et moi pour demander la permission de déplacement et de voyage auprès du Caïd Moh Ouanouch, à Adghagh Amellal, dans sa baraque, sise dans la cafétéria de M'hand Larbi, sous la route, près d'agoudal. Le Caïd de Mira, Moh Bwanouch, était le beau fils de Mohand-n-Belaid, le caïd de Tikoubaïn. Tous les deux étaient issus de la même région ».

Ils avaient fait une dalle qui arrivait au niveau de la chaussée. Ils avaient construit dessus la cafeteria. Le Caïd n'avait qu'un genre de vestibule pour recevoir les administrés.

Le Caïd Bwanouch déconseilla à mon père de me laisser partir en France, lui justifiant ;

- Il fait trop froid la bas, il risquerait de se retrouver seul.
- Puis nous sommes allés à Azefoun, pour réclamer une carte d'identité.

« Mon père finit par s'opposer à mon départ. Mais mon idée était déjà arrêtée ».

« Avec Zi Mohand, on échangeait des courriers. Je lui annonçai alors ma venue en France, et ça ne lui plaisait pas, il me l'a fait comprendre, il refusait pratiquement. Je lui répondis alors,

- Tu veux que je vienne, je viendrai, tu ne veux pas que je vienne, je viendrai.

« Zi Moh Lhaj, voulait aussi que je reste. Il me répétait durant des semaines,

- Patiente, on va retourner travailler au Hammam.

« Alors que son objectif était de me retenir jusqu'à ce qu'il ait un moyen de m'impliquer directement sans laisser fuiter le secret. Mais il ne me disait pas le fond de la chose. Ils avaient ordre d'en parler à personne ».

Moh Ourezki N-Said Ouali, quand il me croisait, il me disait, ne t'éloigne pas trop, on va avoir besoin de toi.

Sadia

Tahar, c'était un vrai chef. Des maquisards blessés arrivaient souvent dans sa maison, et personne ne le savait dans le village. Un jour il prit ma main, et me dit ;

- Tu dois jurer que tu ne répèteras à personne ce que tu vois ici. Si ton ainé Mohand, était encore là, ce serait le premier que j'appellerais pour partager avec lui mes responsabilités.

Les maquisards commençaient à fréquenter la maison de Tahar Moh Belhaj des les premières semaines de la guerre.

Aucune autre maison dans le village ne recevait encore des maquisards. Moh el haj les accompagnait souvent quand ils venaient chez nous. Des femmes faisaient des poèmes sur la bravoure de Taher.

Lorsqu'Abderrahmane rendait visite à sa fille, il lui arrivait de ne pouvoir rentrer. Elle le recevait, se rappelle-t-elle, au seuil de la maison, la goutte de la pluie ruisselant du toit, lui tombait sur l'épaule.

Wrida

Titem recommande à Mohand ou Idir, avant son départ pour la France, d'aller voir sa sœur. Il alla alors rendre visite à Sadia, chez les Moh Belhaj. Ils refusèrent de le faire rentrer. Sadia dut sortir pour le voir à l'extérieur. Les préparatifs de la guerre qui se déroulaient à la maison devaient rester secrets pour tout individu non directement impliqué. D'autres explications existent probablement.

Il est revenu, et rentré chez nous. Ahmed moh Amechtoh le remarqua et lui demanda,

- Pourquoi tu es en colère Mohand Idir !
- Je suis allé voir Sadia, ils ont refusé de me laisser rentrer.

Mohand-idir commence à songer à aller chercher Sadia. Mais il n y avait plus de temps, et les plus agés avaient le dernier mot.

9 Mars 1955

« A la veille de mon départ pour Paris, vers le début Mars 1955, Mohand-n-Mhend et son père étaient venus me rendre visite à la maison ».

« Moh-El-Haj n'était pas venu. Il savait que je m'apprêtais à quitter pour l'étranger. Je l'avais croisé à la place d'Annar. Il me suggéra de ne pas partir, on échangea quelques mots »:

- Ne pars pas, reste ici dans la région. On aura besoin de toi.
- Qu'est ce qu'on va faire ? On va encore casser la pierre ?
- Oui, il n y a que ça ici.

« C'était le maximum de l'indiscrétion qu'il était possible de commettre à cette époque au sujet de la révolution, déjà en marche».

« Lorsque je suis parti en France, il n'y avait encore personne dans le village qui avait réellement pris le maquis. Mais les préparatifs battaient leur plein ».

Je suis accompagné à l'aéroport par Moh Belhaj et son fils Seddik, qui avait mon âge. C'était le 10 Mars 1955.

- Tu vas voyager à bord d'un avion, alors que n'avais encore jamais été à bord d'un bateau, plaisanta Moh Belhaj.

« A Paris, Les gens du village accueillaient généreusement les nouveaux arrivants de la région. Car ils savaient qu'ils trouveraient unarrive à Paris travail assez vite, et si besoin ils rembourseraient. M'hend ou Mokrane m'assura le logis le premier soir. Mohand-n-Moh-Ourouji me reçut chez lui pour déjeuner. Et n'importe qui d'autre du village que je rencontrais, m'offrait 500 francs ».

« Je finis assez rapidement par m'installer dans un hotel au troisième arrondissement. Amirouche était installé dans le même hôtel moins de trois mois plutôt. Il s'était fait agresser par des messalistes. Il y avait perdu deux dents. Il ne tarda pas longtemps à rentrer au pays pour rejoindre l'ALN au maquis. C'était quelques jours avant la fin décembre 1954. Ça explique probablement sa férocité contre les maquis du MNA plus tard en 1956.

La Bastille

« Je me promenais un jour dans Paris, à l'intérieur des jardins de la Bastille, un journal à la main et je rencontrai Zi-Mohand. Je lui demandai alors »,

- Tu sais ce qui s'est passé ?
- Oui. Pierre Mendès France a démissionné. Me répondit-il.
- Oui, malheureusement !

C'était le 24 Mai 1956.

« Pierre Mendès France était bien comme premier ministre en 1955. Nous avions beaucoup d'espoir qu'il trouvât une issue à la crise, s'il était resté plus longtemps au pouvoir ». Renversé par les ultras de l'Algérie-française.

Opposé à Guy Mollet sur sa politique en Algérie, et estimant que les mesures politiques indispensables pour reconquérir la confiance des Algériens n'ont pas été prises, Pierre Mendès France démissionne du gouvernement et quitte la direction du

Parti radical, qu'il n'a pas réussi à moderniser et qui penche de plus en plus vers la droite.

MNA-FLN

« Durant l'année 1956, j'étais encore messaliste, je rejoignis l'armée de Belounis, alors que je n'avais pas encore été appelé pour le service militaire. C'était prévu que je sois affecté à Melouza pour combattre dans les rangs du MNA, contre l'armée française. Zi Mohand était déjà au FLN. J'avais de la chance de ne pas y être envoyé. Un ami d'Ath Si Yehia fut affecté à M'sila comme combattant du MNA. Il fut tué peu de temps après par l'ALN ».

« Le Beau-père de Said Ouchelaoud était également mobilisé à Melouza. C'était un soldat de Belounis. Il décida un jour de venir en permission, voir sa famille à Ath Ouchen. Il se fit attraper par les membres de l'ALN sur son chemin. Il allait être exécuté. Son frère qui était maquisard de l'ALN, put intercéder en sa faveur, et lui épargna sa vie.

Malha

Un soir Mhend ou Slimane invita Malha pour diner. Ils étaient en train de manger un couscous et des légumes de printemps, des fèves entre autres. Au bout de quelques instants, un insecte inoffensif est tombé dans le plat. Il le retira, et continua de manger. Malha s'arrêta et lui dit ;

- Tu es gentil et très hospitalier mais je ne mange pas les insectes.
- Si un insecte arriveà m'enlever mon diner, comment veux tu que j'enlève l'Algérie aux français.

Tassadit Meziane, prépara alors un couscous avec des raisins pour Malha. Ils continuaient de manger et discutaient. Au fil de la conversation, elle comprit qu'il se préparait déjà à la vie dure du maquis qui approchait. La guerre avait déjà commencé.

Moh el haj rendit visite à Taadourt en 1955 et lui dit :

- Amek arastinid a yema tamghart
- Ikhedaiyi di mhend tura yerna mis
- Oula d zayla our yela laichis
- Ata yefegh samadagh
- Ajedi hend agharbi
- Atsedudh d warawis.

Les Mhend ou-Slimane, faisaient de l'agriculture, ils travaillaient chez les gens, ils faisaient de l'association. Ses filles faisaient de la couture, il y avait beaucoup de rentrée d'argent, mais ils avaient des soucis de comptabilité, alors l'argent ne s'investissait pas toujours fructueusement.

Déjà avant le départ de Mhend ou-Slimane et son fils au maquis, ils étaient pauvres. Après son engagement, ils sont devenus encore plus dimunis. Les gens du quartier les aidaient avec de la nourriture.

Dans le quartier Ath Slimane, il y avait des gens aisés, mais le plus riche était Abderrahmane, il travaillait, et il payait ses employés. Il était sérieux. Il faisait le marché et autres tâches agraire.

Wardia

'Wardia n-Moh Amechtoh, pensait au début de la guerre, que seul son mari Moh El-Haj, était engagé dans le village. C'était le cas de toutes les épouses dont le mari était mobilisé dans l'ALN. Aucun secret ne filtrait. Mais la vertu des Kabyles requérait que l'homme mît toujours sa femme dans le secret' souligne Fatima.

'Lorsqu'il s'avéra que beaucoup d'hommes dans le village étaient engagés, notamment lors de l'opération Robert Lacoste, une grande tristesse s'abattit sur les villageois, et les maisons leur semblaient se vider d'un seul coup'.

Moh El haj laissait un mot-de-passe régulièrement à son épouse. Lorsqu'un homme ramenait un coli, elle exigeait le mot pour le récupérer. Les gens qui voyaient ça, croyaient que son mari ne cessait de lui envoyer des cadeaux, des achats.

'La maison d'Annar, fut construite par Muhend n M'hend. Il y avait un abri à l'intérieur. Wardia surprit un jour son époux en train d'y cacher des armes'.

Wrida

Les autorités françaises avaient émis un avis au début de la guerre, que toutes les armes allaient être réquisitionnées, vérifiées et recensés. Toutes celles qui avaient un permis de port d'arme sont concernées. Après cette phase d'inspection, certains ont pu les récupérer. Zi-Moh Amechtoh avait récupéré les deux fusils, le sien et celui de Zi-belkacem n-Moh ou-Mhend. Il avait créé un abri, à l'intérieur duquel il les cachait, sous un muret de pierre. C'était là qu'il rangeait la poudre noire, le plomb, le cheverotine, et autres outil de préparation.

Ahmed voulait rejoindre l'ALN, alors que son père n'était pas d'accord. Ce denier lui expliqua que « c'est impensable de combattre une telle puissance avec nos armes rudimentaires ». Alors, Ahmed insista qu'il fallait donner des armes à l'ALN.

Un jour des maquisards sont venus, Zi-Mhend ou-Slimane, Vriruch, Kaci Namara. Zi-Moh El-Haj n'était pas venu avec eux. Il discutait avec sa femme,

- Je me demande si ton père ne leur parlera pas avec agressivité. S'il n'est pas courtois avec eux, ils vont le tuer.

- Alors pourquoi tu ne vas pas avec eux ?
- On m'a refusé de les accompagner, ils m'ont dit, « toi tu ne viendras pas, tu vas surveiller à medmar ».

Il y avait un gardien à medmar, un autre à Mehrez, et un troisième à Taveqart.

Ils sont arrivés, et ont frappé à la porte et appelé. Ahmed a ouvert la porte. A peine ils sont rentrés, ils ont déclaré ;

- Si-Moh, nous sommes venus récupérer tes armes, on a entendu que tu les avais récupérées auprès de la gendarmerie.
- Oui, je les ai récupérées.
- Alors nous sommes venus les chercher. Vous nous donnez leurs papiers ainsi que tout ce que vous avez comme munitions.

Il a alors pris une échelle, l'a appuyée contre le muret et il les a retirées. Ils ont pris son fusil, celui de son fils et celui de

Zi belkacem, ainsi qu'un pistolet à 9 balles et un sac de munitions.

Vriruch

« Mohand Yazourène de son vrai nom, avait donné le commandement de la région d'At Jennad, à Achour N Boujemaa Ouidir ».

« Achour était le fils de la sœur de Vriruch. Il y avait pourtant beaucoup de plus anciens militants que lui dans la région. Mohand Amokrane Tighilt Ferhat, Zi M'hand ou Slimane, Said Moh-ou-Lhoucine et Zi-Moh el-Haj étaient tous plus anciens et plus méritants.

Tahar était le premier responsable de l'ALN du village Igherbiene. Il connaissait les gens, c'était un homme de réseau. Il connaissait notamment les abris. Il était chargé de distribuer les armes durant l'opération dite « Robert Lacoste ». Lorsqu'il répartissait les armes, l'une d'entre elles devait échouer entre les mains d'Ahmed, l'un des frères ainés de Sadia, selon la liste officielle. Taher refusa. La transféra vers une autre destination.

Taher s'adressa alors à Mhend ou-Slimane, à propos de Zi Ahmed et Ahmed Moh Amechtoh ;

- Ces deux là, on ne peut pas leur faire confiance. On ne va pas leur donner des armes.

« Une fois Dahbia-n-Mhend monta à la mezzanine, dans la maison de ses parents, et tomba sur deux fusils. Elle ne s'empêcha pas de le dire à Zi Ahmed. Ce dernier le répéta à son beau Frère Mohand, qui l'avertit à son tour

- Si tu n'étais pas mon beau frère, je devrais te tuer.

« L'une des deux armes qui était destinée apriori à Zi Ahmed. Elle fut détournée pour échoir entre les mains de

Muhend. Et le deuxième fusil était celui de son père naturellement. Mais seuls ceux qui avaient des armes devaient en être informés. Cela explique la menace refoulée de Muhend-N-Mhend à l'égard de Zi Ahmed ».

« Mhend-ou-Slimane recommanda à son fils de se débarrasser de son arme au profit d'un autre maquisard, afin qu'il puisse rester à At Jennad. Muhend resta ferme sur sa décision

- Je vais garder mon arme et je vais mourir avec.

Un jour Zi-Ahmed se rendit avec une arme, raconte Sadia, chez les Moh Belhaj dans l'intention de tuer Taher, son congénère. Ce dernier fut curieusement très diplomate avec Zi-Ahmed. Il réussit à le convaincre que s'il ne voulait pas lui attribuer le fusil, c'était par souci de le préserver, étant seul de sa fratrie à être encore dans le pays.

Ahmed finit par rentrer chez lui moins rancunier, disait-il lui-même, envers Taher sur la supposée discrimination.

Dahbia n-Mhend raconte qu'un soir, avant le milieu de la guerre, son époux Ahmed et Hmed Moh Amechtoh souhaitaient s'engager dans l'ALN. Tahar, comme pour les tester, les chargea de tendre une embuscade à un camion de militaire, à Tizi n-Sebt. Mais il y eut plusieurs camions, et les deux embusqués renoncèrent à attaquer. Ils se retirèrent pour remettre l'attaque à une autre occasion. Taher refusa alors de les mobiliser'.

« Mais Taher n'était pas à sa première. Bien plutôt, lors de l'opération Robert Lacoste, il n'accorda pas une seule arme au quartier At amar. Il avait une inimité pour eux, bien avant la guerre, d'abord la concurrence matérielle. Mais aussi à cause d'Ahmed Moh Amechoh qui était plus fort que lui en duel à mains nues ».

Les maquisards se réunirent une dernière fois dans la maison de Mohand n-Said Ouacif près d'Akounja avant d'aller au maquis au milieu de la nuit. C'était vers le début d'Avril 1956.

Sadia

Sadia était de visite chez ses parents, elle croisa Moh el Haj qu'elle voyait déjà chez son mari, et lui demanda,

- Pour quoi chez Tahar Moh-Belhaj, les maquisards arrivent très nombreux, et ici chez-toi il y a personne ?
- Tahar croit que l'Algérie est comme un portefeuille qu'il va mettre dans sa poche. Il croit qu'il va libérer l'Algérie tout seul. Lui répondit-il.

La révolution a commencé avec un chant.

Athselem di south -   Idyefghen si lqaâ

Akwninhu ghaf tirugza

Yatmathen, kreth felawen -Atsessoum nif

Naghem ghaf t murt nwen -Atsekesm lhif

Atsan gre ifassen gaadawen nwen- ilit d lejdud kifkif

Delwajev athskhedmem, Naghet ghaf t murt

Naghet ghaf tleli nwen, Uqevl akwent futh

Lukan si damen   Urtsagwadm ara lmut

« Ils étaient un certain nombre à avoir eu des armes à l'occasion de l'opération Robert Lacoste. Ils furent tous envoyés dans la région de Larbaâ Nath Irathen, où ils affrontaient l'ennemi à découvert. A l'image de Kaci Ihedaden, Mohand-n-Mhend et Moh-Saïd-n-Moh-ou-Lhoucine qui fut le premier martyr du village».

Après l'opération Robert Lacoste, Ahmed se retrouva un jour dans la forêt d'Anza Bwagwar, il tentait de rejoindre le maquis. Il croisa des maquisards, qui le dissuadèrent et lui signifièrent ;

'Il vaut mieux pour toi rentrer au village. Tu n'as pas d'arme, et tu n'en trouveras pas facilement. Si tu te fais tuer comme ça, tu n'es pas encore enregistré, tu ne seras pas reconnu. Alors que nous, nous sommes déjà dans le fichier de l'ALN'.

Commandant Moh Ouali

Kaci Ouzeghda et Moh El-Haj étaient compagnons de Moh Ouali Slimani. Durant l'année 1956, des soldats français et des goumiers venaient chercher de l'eau à Tala t-Gana, régulièrement. Ils étaient en confiance.

Moh ouali avait combattu en Indochine. Il planifiait son coup pendant un temps, et il était confiant. Il demandait une équipe adaptée à lui, à son surpoids. Moh el haj était également surcharge pondérale, il fut d'office placé dans son équipe. Mais Moh Ouali n'était pas encore le seul chef, il avait un supérieur pour cette opération. Ils tendirent une embuscade au pont Targat près d'aghribs. Ils tuèrent tous les soldats et goumiers venus chercher de l'eau.

Suite à ce fait d'armes, il fut promu, et eut un grade supérieur à celui de son chef. L'ancien chef est venu voir un jour Zi Ahmed et lui confia,

- Ce n'est pas nécessaire de rejoindre les rangs de l'ALN, il y a trop de jalousie et de coups bas à l'intérieur. Si on a besoin de toi, on viendra te chercher, et te donner une mission. A l'intérieur des rangs c'est compliqué. Ils ont monté en grade l'un de mes hommes, ils ne m'ont même pas tenu au courant. En peu de temps je me suis vu donner des ordres par Moh Ouali.

Wrida

Juste après l'opération Robert Lacoste, la pression et la répréssion s'intensifiaient sur le village. Tahar renvoya alors Sadia auprès de ses parents ;

- Retourne chez tes parents…tu ne peux plus rester ici.

Abderrahmane vendit un cheval, Tahar envoya ses adjoints immédiatement pour réclamer un impôt pour le compte de la résistance. Abderrahmane dut payer près de la moitié du cheval.

Fédération de France

Lancée depuis le début de la guerre, sous l'impulsion de Mohamed Labjaoui, sa principale mission au départ était de soustraire la communauté algérienne de France de l'influence du MNA incarné par le leader nationaliste Messali Hadj.

« Mokrane Nat Boada, incita Zi Mohand à quitter le parti de Messali, pour adhérer au FLN. Ça devait être durant l'année 1956 ».

« Durant la même année, Moh el-Haj m'écrivit une lettre, dans la quelle je lus en substance l'injonction très subtile suivante ;

- Tu dois quitter l'usine où tu travailles actuellement, ils ne paient pas assez. Va rentrer dans la nouvelle usine où travaille ton frère ainé depuis quelque temps

Il me recommanda ainsi de quitter le parti de Messali, le MNA, pour adhérer au FLN.

La guerre fratricide que vont se livrer les groupes de choc du FLN et ceux de son rival du MNA par des règlements de compte très meurtriers va faire plus de 4 000 morts et de 12 000 blessés.

« Le FLN à l'époque, entre 1955 et fin 1956, nous envoyait des messages,

- Si vous nous faites confiance, alors rejoignez nous, et faites vos cotisations auprès de nos trésoriers.

Sinon, si vous hésitez encore, sortez tout de même du MNA et envoyez votre argent dans vos familles, ils sauront quoi en faire. Ils connaissent là-bas les maquisards, qui en auront bien besoin ».

« Omar Boudaoud devint chef de la fédération de France du FLN. Il était envoyé par Abane du Maroc, pour remplacer l'ancien chef à Paris en 1957».

La fédération de France prendra le dessus sur le MNA définitivement en 1958.

Ouacel

« Je rentrai un jour dans le bistro du 52 rue saint Sabin, à la bastille, en compagnie de Zi Mohand, et nous y trouvâmes des habitants de Draa el Mizan, Boghni, Amechtras. Le Propriétaire du bistrot était lui même de Draa el Mizan. Zi Mohand m'indiqua alors Ali Ouacel. L'homme qui a tué Hemd Oumeri, en 1947. Ali Ouacel y venait souvent. Son nom le précédait. Il était grand, maigre. Echine ayant tendance à se courber. Il portait une casquette. On savait que les gens de sa région étaient pratiquement tous au courant de sa besogne, mais peu d'entre eux pouvaient aborder le sujet ouvertement».

Il quitta très vite la Kabylie, pour la France, craignant les représailles et la vengeance des compagnons d'Oumeri.

Moh el-haj

Un jour Moh el-Haj eut vent de deux éléments du front, qui projetaient d'attenter à la vie de son beau père. Il alla sur le champ demander permission au commandant Moh Ouali et lui expliqua. Ce dernier lui donna permission, et le fit accompagner de deux de ses hommes. Les trois arrivèrent à temps au village Igherbiene, avant que les deux ne passent à l'action. Il leur expliqua froidement,

- J'apprends encore une fois que vous songez à revenir pour cette besogne, je n'utiliserai même pas de balles, c'est moi qui vais vous égorger. Je n'ai encore jamais tué de maquisard, mais vous, je le ferais. Ils sont partis et jamais revenus.

Wrida

Sedik était le fils préféré de Moh Belhaj. Il avait fait des études et il était très obéissant pour son père. Tandis que Tahar était en mauvaise relation avec son père, bien avant la guerre. Ils s'engagèrent dans l'ALN tous les deux ainsi que leur cousin Mohand igherviene, à l'occasion de l'opération Robert Lacoste. Sedik est mort très tôt, peu de temps après la bataille d'Agouni ou-Zidoud. Son père déclara un jour qu'il était très affecté à sa mort.

Igufaf

Dans la région d'Igufaf, Krim Belkacem, Benkheda et Mohammedi Saïd étaient de passage pour aller en Tunisie. Krim faisait un discours aux maquisards et d'un seul coup il vit un hélicoptère banane qui survolait la zone, et demanda à Mohand Ou-Said,

- Cela fait combien de temps que tu as fixé ce rendez-vous ?
- Un peu plus de 24 heures.
- Nous sommes alors vendus, répondit krim. Tu fais la prière à Dieu mais tu n'appliques pas ce qu'il dit. Tu devrais faire plus attention à ce qui se passe autour de toi. Tu donnes la consignes à tous d'avler rapidement la soupe et partir. Enjoignit-il.

« Les trois chefs et quelques compagnons d'élite se dépêchèrent de partir plutôt et réussirent à s'échapper. Le reste du bataillon périt sous les bombardements menés par une aviation acharnée. Kaci Ihedaden et Mohand n-Mhend furent parmi les martyrs. C'était le 23 mars 1957 ».

Achour

« Après l'affaire Robert Lacoste, les maquisards du village, partirent tous loin de la région At Jennad pour éviter de tomber sous le commandement d'Achour Aman Zegwaghen ».

« Achour faisait commettre des exactions par des éléments de l'ALN et poussait souvent les gens de par ses actes, dans les bras des français. Ali Saïd ou-Laarbi était fils d'un frère de Vriruch, neveu comme Achour. Avant la guerre Taher Moh Belhaj était plus bagarreur qu'eux. Ils se retrouvaient dans le café maure d'Ali Omar. Les deux neveux de Vriruch étaient fort intimidés par la présence de Taher, qui les avait déjà battus en duels à mains nues par le passé à plusieurs reprises. Lorsqu'ils se retrouvèrent tous dans les rangs de l'ALN, les neveux de Vriruch finissent par avoir un meilleur grade que lui, en peu de temps. Il subit alors la pression et sans doute des gestes d'humiliation. Progressivement, il s'éloignait de ses camarades.

Moh Oufellah et Tahar n'étaient pas en bons termes. Certains racontent que Moh Oufellah était parmi les causes de la reddition de son cousin. Les maquisards avaient fait un ratissage, et ils capturèrent un soldat français. Mohand Igherviene y avait tout le mérite. En chemin vers le poste de commandement, Tahar lui enjoignit ;

- Lorsqu'on sera au poste, tu leur dis quand même c'est Zi-Tahar qui l'avait capturé, j'aurai au moins une promotion.
- Je l'ai capturé moi-même je leur dirai que c'est moi qui l'ai eu. Rétorqua sèchement Mohand.

Depuis ce jour, leurs liens se dégradaient progressivement, et Tahar s'isolait de plus en plus.

D'après Moh Elhaj, Tahar avait commencé à déprimer plusieurs semaines plutôt. Devenait de plus en plus superstitieux. Il était malade. Des qu'il voyait deux à part en train de discuter, il disait « ils parlent tous de moi. Ils veulent me tuer ». J'avais peur pour lui, disait Moh Elhaj. Il était souvent en larmes.

Il dormait tout seul dans les arbres de caroubier, ne faisant confiance à personne.

« Sous l'influence d'Achour n-Boujemaa ou-Yidir, Taher finit progressivement par s'éloigner de ses camarades, et rejoignit l'armée française. Achour fit de même pour d'autres maquisards. Achour ne tarda pas depuis à changer de camp lui aussi ».

Un jour en plein embuscade pendant l'accrochage entre les maqisards et les français, entre Mlata et Azeffoun, Tahar déposa son fusil, leva les bras et se rendit.

Lorsque les villageois d'Igehrbiene apprirent que Tahar changeait de camp, ils furent tous surpris mais pas encore assez crédule pour l'admettre. L'information allait de bouche à oreille rapidement mais très discrètement.

A sa reddition, les français étaient très contents. Comme ils ne pouvaient pas encore lui faire confiance assez facilement, avec le syndrome de l'oiseau bleu, ils jetèrent des tracts à son sujet, pour nous informer sur sa reddition.

Tahar devenu Harki, il a commencé à faire un tas de dégats, pour qu'il soit accepté, ce n'était pas suffisant pour eux. Il se présenta à la caserne, et ils lui exigèrent,

- Il te faut une femme, sinon on ne peut pas te faire confiance.
- J'ai une femme, je vais aller la chercher.

C'était un gradé, un capitaine. Les français avaient besoin d'être rassurés sur sa stabilité sociale.

Sadia

Nous croyions qu'il avait encore de la dignité et le sens de l'honneur. Un jour un homme de la région, qui était prisonnier, fut libéré, et eut vent des projets de Tahar. Il parlait aux gens qu'il viendrait reprendre son épouse, avec des soldats. L'ancien prisonnier vint informer mon père.

Nous ne nous attendions pas du tout à ce qu'il vienne me récupérer. Mon père avait l'idée de m'envoyer dans un abri, dans le village en cas de perquisition.

Mais Moh El haj vint voir mon père assez vite et exprima sa totale méfiance envers les abris du village, et précisa qu'ils avaient tous été vendus et le conseilla de m'éloigner de la région. Ils ne m'en parlèrent pas tout de suite, et ne cherchaient pas vraiment à me sensibiliser sur le sujet. Je ne savais pas que Tahar allait venir perquisitionner. Un soir, mes parents me demandèrent

- Prépare maintenant tes affaires, on va t'emmener chez Nanam Zahra demain.

Je fus choquée. C'était la veille du départ pour Houbelli. Nous partîmes le lendemain matin pour houbelli, pour me réfugier. Nous marchâmes un bon moment, quand nous arrivâmes à Ighzer n-Berquech, près d'ichekaven, ma mère lança à mon père

- Mais quand on arrivera à houbelli, ne propose pas qu'on reste une autre nuit de plus, car on a des olives à ramasser.

- Que Dieu t'entende, je voudrais pouvoir penser comme toi, lui répondit mon père. Mais moi je profiterai de voir ma fille. Se désola mon père.
- Quel beau langage, je ne t'avais jamais entendu parler comme ça, qu'est ce que cela nous cache ? s'interrogea ma mère.

'Je savais un peu ce qui se tramait et depuis mon arrivée à Houbelli, je n'arrêtais pas de pleurer. J'étais toute retournée. Je n'avais plus sommeil. Ce fut le début de l'exil'.

Abderrahmane

Tahar vint peu après réclamer sa femme auprès de son père, à l'époque âgé d'environs 63 ans. Ce dernier refusa de satisfaire la requête sur le champ, même s'il savait qu'il avait affaire à un homme cruel.

'Mon refuge à houbelli fut vendu, je m'enfuis alors à Ihnouchène. Des soldats ont fait ratissage à Houbelli pour me rechercher. Ils ont ramené mon père. Ils étaient conduits par Taher. Ils sont venus ensuite à Ihnouchène, nous sommes dénoncés par quelqu'un'.

Les soldats français ne se souciaient pas vraiment de Sadia mais ils accompagnaient Tahar, qui amena de force Abderrahmane, jusque chez sa fille ainée, Zahra, mariée à Moh Namar de Houbelli. Sous le regard de sa fille, ils lui font subir des sévices abominables. Entre l'électricité et le piétinement avec des rangers sur le torse, Taher donnait libre cours à son atrocité, et réclamait à Zahra de dévoiler le refuge de sa sœur.

Les deux femmes avaient gardé contact, et l'ainée suppliait l'autre de se rendre afin d'épargner leur père.

Sadia

Na zahra vint me voir à Ihnouchène, et m'enjoignit ;

- Tu devrais retourner auprès de ton mari, quand il sera tué par les maquisards tu reviendras, tu épargneras ainsi la souffrance à ton père.
- Reste avec nous, avec ta sœur, ne retourne pas au village, lui proposa le maquisard qui l'avait reçue au refuge à ihnouchène,
- Donc toi si ton mari est dans un abri tu risquerais de le vendre, me lança-t-elle.
- Jamais je ne retournerai auprès des français. Je mourrai dans l'honneur. lui répondis-je,

Le maquisard Si Mhend ou-Moh, réprimanda Na Zehra pour ce procès d'intention qu'elle me fit, et il se tourna vers moi,

- Rien que pour ça tu mérites une promotion en grade.
- Pense à ce que vont penser tes frères lorsqu'ils entendront parler de ce que tu fais. Me prévint-elle.
- Mes frères vont être très heureux de savoir ce que je fais.

Zahra retourna au village Houbelli. Elle finit dans la prison, tout comme son père, dans la caserne de Nador, Une montagne qui surplombe du côté Est Houbelli.

Un soir en prison, chacun dans sa cellule, Taher eut un brin de lucidité un instant, et proposa à Zahra :

- vas donc rester auprès ton père, si tu le souhaites.

Wrida

Les maquisards refusaient qu'il récupère Sadia, même s'il devait tout bombarder. Amirouche déclara « il ne la récupérera pas, même si tout le village est brulé». Lorsqu'elle était sa femme, il n'en voulait plus. Maintenant qu'il est goumier, il veut la retrouver. Celui-là croit qu'il aura toujours le dernier mot.

Le lendemain, il était prévu que le vieux père soit exécuté si sa fille ne se manifestait pas. Il était lui-même chargé de creuser sa propre tombe.

Abderrahmane était terriblement torturé, mêmes ses ongles furent arrachés avec des pinces. Un bloc de pierre certains disent d'environs près de 200 kg, fut posé sur son torse. Un moment donné, la sonnerie de midi retentit et les soldats doivent aller déjeuner. Ils lui demandèrent alors d'aller chercher du bois, dans la broussaille environnante. Les tortionnaires comptaient sur l'invalidité du prisonnier et sa peur, pour le quitter tranquillement.

Il se leva pour accomplir sa tâche sous le regard du soldat qui faisait la sentinelle.

Il partit une fois, il revint poser une botte de brins, puis il repartit une deuxième fois, et s'éloigna un peu plus. Le soldat de la sentinelle restait indifférent. Alors il repartit une troisième fois, et se mit cette fois à marcher devant sans se retourner, préférant ainsi recevoir une balle de la part d'un soldat français, plutôt que la torture à mort qui l'attendait, de la part de son ancien beau-fils.

La sentinelle le remarqua mais ne daigna pas l'interpeler, faisant mine de regarder ailleurs.

Lorsque le gardien vit que le fugitif était assez loin, il tira un coup de sommation en l'air, faisant mine d'alerter ses compagnons. Le fugitif était déjà très loin.

Abderrahmane s'en alla discrètement, sans regarder derrière lui, sans brusquer le pas, jusqu'à s'évanouir dans la nature.

Il marchait péniblement. Il passa dans la dense broussaille descendant de Nador à Houbelli, puis continua de cheminer jusqu'à une rivière, qu'il suivit en direction d'Ighil Nat Jennad, et se dirigea d'expérience à la source d'eau Tala Gourawen. Là-bas, il trouva des maquisards qui le reçurent et s'occupèrent de lui. C'était un petit poste de commandement. Plutôt un lieu de rendez-vous.

Il cauchemardait encore, il n'arrêtait pas de dire « ils me suivent » il racontait, qu'il avait subi de l'électricité et le supplice de l'eau de savon. C'était vers décembre 1957.

Les bleus

Zahra quitta la cellule. Son mari Moh Namar, fut l'un des premiers, peut être même le premier, le statut qu'il revendiquait lui-même, à divulguer ce qu'on appelait communément les bleus. C'étaient des éléments du FLN qui avaient une complicité, objective ou pas, avec l'armée française. Il lui arrivait souvent de croiser ces éléments dits bleus dans les casernes qu'il fréquentait parfois pour boire un verre. Il finit par donner leurs noms au FLN, tout en continuant d'aller dans ces bars français.

Il était un amateur de la bonne cuisine, bien arrosée. Il finit par émigrer à Oran. C'est la ville de la belle vie, malgré les années de braise, disait-il.

Les disparitions forcées

Durant l'année 1958, deux agents vinrent un jour rechercher Moh-Idir. Probablement des agents de Boussouf qui noyautaient le réseau du FLN en France. Ils vinrent une fois, ils ne le trouvèrent pas, mais ils tombèrent sur Moh-Ourravie, qui en informera son camarade. Ils revinrent une deuxième fois, mais sans entrer dans le bistrot. Ils circulaient sur le trottoir, faisant des allers-retours. Moh-idir les aperçut de l'intérieur, se douta de quelque chose, et demanda à Moh-Ourravie si c'était eux. Ce dernier confirma qu'il s'agissait bien des deux visiteurs indésirables. Moh-Idir prit avec lui deux coteaux de cuisine. Il se lança à leur trousse. Il frappa le premier, qui tomba à terre. Il lui asséna un autre coup avant de se lancer à la poursuite de l'autre. Ce dernier prit la fuite, depuis la rue Saint Sabin vers le boulevard Beaumarchais, qu'il traversa également en courant sans s'arrêter, se retournant parfois en arrière. Les habitants depuis la fenêtre regardaient Mohand-ou-idir poursuivant un homme avec un couteau à la main, et lui criaient « assassin, assassin ». Les autres résidents de l'hôtel sortaient, ils arrivèrent à hauteur de l'agent encore à terre, et certains le finirent avec des coups de pieds.

Juste après son retour à l'hôtel, il se retrouva dans le couloir, tomba sur le supérieur du chef de l'hôtel, qu'il attrapa aussitôt dans le col de chemise, et l'interrogea d'un regard menaçant

- Les deux agents venus ici pour me frapper ou me tuer, qui les avait envoyés ?

Son chef Baghdadi, tenta de le contenir avec une certaine arrogance

- Parle plus calmement et montre plus de respect au chef.

Tout d'abord, toi, tu fermes ta gueule. lui-répliqua sèchement Moh-idir.

Il revint à l'autre, il le tenait toujours au col, quand des résidents de l'hôtel, des camarades vinrent enfin les séparer.

« Peu après, je me rendis au $21^{\text{ème}}$ arrondissement, où travaillaient Zi Mohand et Charleroi. Ce dernier me proposa un revolver C35 à 7 balles, chargé, il m'ajouta 3 balles et me suggéra,

- Dans une semaine, soit tu me le rends ou tu l'achètes.

« Je finis par l'acheter à 12000 francs une semaine plus tard. Un jour j'étais en réunion dans la cave, et deux inconnus, néanmoins, présentement des Algériens, pénétrèrent dans l'hôtel et cherchaient après moi. Moh Ourravie vint alors me prévenir ».

« Je fis vite d'aller chercher mon revolver, en plein jour, convaincu que les deux fameux agents revenaient. J'avais entendu des cris venant des chambres d'en haut ».

«L'un prit la fuite. Je tenais mon revolver à la main, je lui criai d'arrêter. Il se retourna, puis s'arrêta. Je l'interrogeai, il s'agissait finalement d'un membre du groupe de choc. Il n'y était en rien concerné par l'homme agressé à l'étage. Ce dernier c'était Si Smail Nat si Yahia, qui fut frappé, par des inconnus sur ordre. Je l'avais trouvé en larmes, je lui promis alors de le venger ».

« Un jour, je descendais l'escalier de l'hôtel Saint Sabin, le pistolet à la main, au palier, je tombai sur Moh-Meziane Agour, l'ouvrier de Citroën, et le canon se retrouva pointé vers son torse. Ce dernier, visage blême, me laissa poursuivre mon chemin, sans aucun échange de mots. Je finis par rencontrer en bas de l'escalier des résidents, très nombreux. Ils m'empêchèrent alors de passer, et me ramenèrent à la chambre pour me calmer ».

«Après cette affaire, des sages intervinrent pour résoudre l'affaire. L'un d'entre eux c'était Moh Tayeb d'Ath el Hocine ».

«Dans la réunion avec les sages, il y avait le patron et les résidents. J'étais absent, je travaillais dans l'hôtel. Considéré jusque là comme fauteur de trouble. Ils estimaient que je devrais présenter des excuses et être sanctionné».

« Mais à chaque fois qu'il y avait un point abordé, les résidents étaient de mon avis. Ils finirent par m'appeler pour prendre part aux discussions ».

« Nous finîmes par trouver un arrangement. Ils proposèrent de baisser les frais d'hôtel et changèrent la hiérarchie. Tahar Ouidir Mekla et un autre militant d'Ath Si Yahia devinrent respectivement chefs de groupe. Et moi chef de kasma ».

« Le supérieur de Baghdadi qui consommait gratuitement dans cet hôtel, finit par être rétrogradé ».

« Je devins ainsi, le chef des deux hôtels, celui là, de rue Saint Sabin et l'autre de rue Saint Sébastien ».

« Depuis ce jour, parfois quand j'allais payer ma note, le patron me répondait ;

- Ce n'est pas nécessaire, tu régleras ta note quand l'Algérie sera libre.

« La direction du FLN pour la fédération de France, était basée à Cologne. Certains agents et chefs locaux prenaient des décisions arbitraires. Ainsi Baghdadi et son supérieur étaient complices. Ils augmentaient le loyer de l'hôtel et récupéraient la marge. Je m'en insurgeais souvent, et je commençais à avoir de l'influence sur les autres militants. Alors, sur instigation de Beghdadi, son chef se serait résolu à m'envoyer deux agents durs pour en finir avec moi ».

Titem

Au moment ou Sadia se dirigeait vers vers le nord, le reste de la famille partait vers le sud

Hamid qui venait d'être né, était souvent porté sur les bras d'une famille fugitive ; Slimane et sa mère-Titem, les belles-filles Dahbia n-Ali, et ses enfants Said et Fadma, Dahbia n-mhend et ses enfants Mohand et Hamid.

Pour la première fois, ils s'exilèrent à Tamda, ils furent dirigés vers Taboukirt pour se réfugier chez la famille Said Igharoussen, les Bouksil. Là-bas, c'était une vie rurale, les gens ne se connaissaient pas. Même si les soldats d'Amzizgou y venaient, ils ne les reconnaitraient pas.

Mais elles étaient en conflit avec Tamazarits une épouse des Bouksil. Cette dernière ne voulait pas d'elles, même si leur nourriture était rationnée auprès de l'armée. Elles durent y rester environs un mois à Taboukirt, en automne 1957.

Un mois plus tard, suite à leurs conflits avec Tamazarits, leur hôte, Cherif n-Si-rezki qui était le chef d'organisation du village Guendoul, les ramena chez lui, car elles n'y étaient pas connues. Elles y séjournèrent beaucoup plus longtemps.

Lorsque Jejiga g-Yahia demandait à Slimane d'aller acheter Tisfifin et autres articles de couture pour les filles, Titem s'y opposait systématiquement,

- Non, j'ai peur qu'on me le tue.

Il était déjà un adolescent, elle avait toujours peur qu'il soit arrêté ou tué par les soldats français. Ils sont restés à Guendoul environs 7 mois.

Jejiga G-Yahia

Zi Moh Lhaj venait souvent récupérer les cotisations, en compagnie de Mhend oumokrane. Ils mangeaient puis, ils repartaient chacun de son côté, sans échanger la moindre information sur leur itinéraire.

Un jour Chrif eut vent d'une perquisition éminente des français accompagnés de Tahar et Achour n-Boujemaa, dans la zone d'el Guendoul, alors des femmes les cachèrent d'abord, en attendant que la première vague passe.

Fatima Moh Lhaj

Mon père est de retour à la maison, il était un peu malade, alors il buvait une sorte d'ampoule régulièrement. Il me donna une ampoule qu'il venait de vider, pour que j'aille la jeter à la poubelle. En sortant de la maison, l'ampoule me plaisait, je voulais la garder comme un bijou. Dehors à la place Anar, au dessus du cimetière, je tombe sur un inconnu, grand de taille, jeune et beau. Il se servait d'une paire de jumelles et regardait vers le sud. Je n'ai su que plus tard qu'il s'agissait de Mohand n-Saïd Ouacif.

Bounaâmane

« Antérieurement, le poste de commandement de la wilaya III était basé à Akfadou, mais il n'y avait pas assez de refuge, pas de protection, peu de discretion face aux avions. Les arbres étaient espacés et peu de broussaille, il fut alors transféré à Bounaämane. Une zone frontalière entre Tizi Ouzou et Bejaia, près de Zekri et de Bni Ksila».

« La forêt y était très dense, tissée de broussaille d'arbousiers et de pistachiers lentisques, alors le feu et la neige n'y pénétraient pas. C'est un poste de commandement fréquenté par d'éminents chefs, de premier plan ».

Après son éscale à Tala Igourawene, mon père fut accompagné par des maquisards jusqu'à la forêt de Bounaâmane.

« La plupart des maquisards qui avaient du mal à se mouvoir en vitesse, s'y réfugiaient. Kaci n'Amara, Oussaïd de son vrai nom, du village Ait Braham, était aussi à Bounaâmane ».

Oucharki, du village Boussehel, était le premier adjudant du secteur

Bounaamane. Après l'affectation d'Oucherki, Ami Kaci le remplace. Son fils Hocine était également membre de L'ALN.

« Un jour, Kaci n'Amara reçut la visite du colonel Amirouche, et ce dernier lui demanda,

- Combien y a-t-il d'homme dans ce maquis ?
- Brule cette forêt et je me mettrai à les compter, lui rétorqua Si-Kaci.

« Amirouche ne put s'empêcher de sourire à la réplique osée de son camarade de lutte, parait-il plus ancien que lui. Très peu d'homme à cette époque osaient parler sur ce ton au Colonel. Kaci était très respecté ».

« L'inconvénient dans cette forêt, c'était le manque de ravitaillement. Les maquisards mangeaient de l'herbe. Mon père regardait un jour Mohand ou-Lhaj qui avait jeûné jusqu'au soir, en train de faire bouillir de l'herbe sauvage pour la manger en guise de soupe à la rupture du jeûne».

« Mais les gens à cette époque avaient le moral et le courage. N'importe qui accepterait de rejoindre l'ALN ou de remplir une mission de liaison. Mais les gens ne pensaient pas du tout qu'il y aurait cette armée des frontières qui prendraient le pouvoir. Ils pensaient que leurs chefs de l'époque seraient leurs chefs après la guerre. Heureusement d'ailleurs ils n'en savaient rien, sinon ils seraient découragés ».

« L'affaire des bleus est avérée, alors tous les abris étaient dénoncés. Les chefs ont fait des réunions pour les maquisards et leur ont dit : maintenant tous les abris ainsi que tous les hôpitaux installés dans le maquis, et les circuits de ravitaillement sont vendus. Pour les plus âgés d'entre vous, surtout, ceux qui ont un lieu pour aller se réfugier, qu'ils y aillent ».

« Il a commencé à y avoir des ratissages approfondis à Bounaâmane. Un jour mon père était caché sous la broussaille et un soldat lui marcha dessus. Il a du croire que c'était un rocher. Il a poursuivi son chemin ».

« Les chefs leur ont proposé alors pour ceux qui avaient d'autres refuges en village ou surtout dans les grandes villes, de partir. Ils finirent par libérer les personnes trop âgées, dont mon père ».

Alors mon père fut conduit par la liaison jusqu'à Tizi Ouzou, ça s'est passé ainsi pour tous les vieux. Et à Tizi ouzou il est monté discrètement dans un camion de transport de légumes, jusqu'à Mostaganem. A son arrivée à Mostaganem, il envoya Zi Ahmed à souk El-hed, pour faire déclaration comme quoi il avait perdu sa pièce d'identité afin de détourner les soupçons et pouvoir travailler tranquillement. C'était vers la fin 1958.

Il est resté dans la région de l'ouest très longtemps, travaillant, même s'il se permettait de venir rendre visite à la famille. Il était logé chez Zi-Ahmed.

Moh ou-Rezki

Durant l'année 1958, Moh-ou-Rezki-n-Said-Ouali, apprit que ses camarades qui avaient reçu des convocations comme lui, partis au lieu du rendez-vous, et se firent tuer. Il se confina alors chez lui, dans la maison de Moh cheik n-Saïd Ouali. La propriétaire de la maison était seule à le savoir.

Il était considéré depuis comme un bleu. Il reçut quelques jours plus tard une visite indésirable d'éléments de l'ALN. Ils lui tirèrent dessus, il sauta par la fenêtre, balança son arme et ses munitions par la fenêtre en direction des assaillants. Il fut touché d'une rafale au ventre. Grièvement blessé, il fuit alors vers la caserne militaire d'Ibdache, où il se fit soigner. Sa famille et lui étaient installés désormais tout près de la caserne.

Durant tout ce temps, il lui arrivait de faire une perquisition dans son village Igherviene, avec les soldats français, en compagnie de Tahar. Ce dernier buvait, insultait et violentait les villageois. Tandis que Moh-Ourezki rassurait discrètement les gens en leur disant 'Calmez vous, ça va passer'. Un jour devant la femme qui l'avait balancé, il lui lança, les yeux dans les yeux ;

- Aujourd'hui, je pourrais te tuer et demander à ma femme de pousser des youyous, comme tu l'avais fait pour moi. Mais je ne le ferai pas, puis il s'en alla.

L'ALN se résolut à reprendre liaison avec lui par le biais de Belkacem, son frère cadet. Il se mit à préparer tranquillement son aventure.

Sadia

Je suis restée à Ihnouchène quelques mois du début de l'année 1958. Les soldats arrivèrent en ratissage à Ihnouchène vers la mi-avril 1958, nous partîmes alors vers Ath Si Yahia, et je me retrouve dans une grande maison de refuge.

La maison appartenait à un certain Si Saïd, il n'était pas maquisard. Fils de Boutchamar, qui était déjà mort à cette époque.

On me proposa de manger un peu. Je répondis que je voulais juste avoir un coin pour me reposer. C'était le premier jour de Ramadan, le lundi du 30 avril 1958.

Depuis ce jour, à chaque fois que j'étais fatiguée, je posais ma tête et je tombais dans un sommeil profond. Peu importe qui meurt, mon père, ma mère ou tout le village. Le plus important pour moi c'était que je garde l'honneur. Les soucis étaient moins vifs. La mort était partout, tout le monde s'y attendait et l'acceptait. Ça n'arrive qu'une fois, avec peu d'angoisse et beaucoup de fatalisme. J'étais loin de la cruauté des perquisitions imparables que subissaient les villageois.

Un jour le refuge fut vendu, la maison fut dénoncée par un certain Belaïd n'at Aissi, il était maquisard avant de rallier les français.

Lorsque les soldats arrivèrent pour faire un ratissage, il n y avait pas de maquisards. Ils sont arrivés par la suite, mais ils ratèrent les soldats, déjà partis pour un autre secteur. Un moment plus tard, nous évoluions discrètement dans la forêt, et les français ne nous voyaient pas.

Un avion mouchard arrive et survole toute la zone pendant un bon moment depuis 2h du matin. Les maquisards surveillent, lorsqu'un des pilotes s'apprêtait à prendre des photos, un maquisard tira sur l'avion mais l'avion n'était pas sérieusement touché.

Un court instant plus tard, l'avion, fut rejoint par sept autres avions en renfort qui commençaient immédiatement le bombardement de la forêt, le village et tous les alentours où se trouvait notre refuge, pendant 4 heures. Un maquisard fut touché mortellement.

Des femmes fuyaient dans une maison, en haut il y avait un habitat et en dessous c'est un genre de cave. Elles essayaient se sauver, et l'avion les suivit, lâchant une énorme charge d'essence, qui brula et les flammes montèrnt vite vers le ciel. Le petit groupe de femmes fut rattrapé au niveau de la porte. Elles furent blessées mais survécurent in extrémis.

Les maquisards quittèrent le refuge d'Ath Si Yahia pour se rendre à Ath Rehouna. Et on me signifia qu'il vallait mieux que je change de vêtements et je retourne au village Ath Si-Yahia pour me fondre parmi les autres femmes.

Mais Dieu merci, il n y avait pas beaucoup de morts, compte tenu du bombardement. Les soldats français devaient se dire, et nous pensions nous aussi, que peu de gens allaient survivre à l'attaque.

Un maquisard fut abattu, une fille fut tuée, et on dénombra les quelques femmes, blessées au napalm.

Alors quand les soldats français rentrèrent dans le village, après le bombardement, ils ne jugèrent pas nécessaire de brutaliser davantage les villageois, pour eux le bombardement avait fini tout le travail à leur place.

Le soir, les maquisards furent de retour au refuge. Nous y retournâmes tous. Nous discutâmes de tous, nous rîmes et nous passâmes un bon moment avant de nous reposer jusqu'au petit matin.

Amirouche

« Je lus dans un journal, Le Monde, Amirouche a tenu un accrochage durant 48h contre l'armée française dans un maquis qui relie la kabylie et Alger. Les chefs installés en Tunisie, l'ont appelé suite à cette bataille, à se conserver un peu, lui rappelant, que 'ce n'est pas en combat régulier que tu vas battre les français'».

Mohand Igherviene

Si Mohand Igherviene était aux côtés et sous la responsabilité de l'aspirant Mohand Arezki Ouakouak, dit aussi Moh Arezki Amechtoh, d'Adrar At Kodia de la commune d'Aghribs, placé par Si Amirouche, vers le début de janvier 1958, comme chef de la 3e compagnie relevant du bataillon de choc de la Wilaya III, en remplacement de Si Moh Ouali Slimani, dit Chiribibi, de Timerzuga, sous la responsabilité duquel nous étions auparavant».

'Si Amirouche nous envoie en Zone II à Béjaïa, où l'on a formé le bataillon de choc composé de la première compagnie, qui a pour chef Oumira, la 2ème compagnie sous la conduite de Mohand Ou-Rabah, et la 3e avait comme responsable Moh Arezki Amechtoh'.

'C'est ainsi que notre compagnie est envoyée vers la zone de Melouza, à M'sila. La première compagnie d'Oumira prend la zone d'Ighil Ali et Seddouk, tandis que celle de Mohand Ou-Rabah s'occupe de la zone du Djurdjura, près de Haïzer, et c'est là que l'histoire du camp d'El Horane est divulguée, chez les responsables d'abord'.

'Le camp d'El Horane c'est le 2ème escadron du 8e régiment des spahis, sous le commandement du lieutenant Olivier Dubos, fut bien loti ; il bénéficiait d'une infrastructure d'installation confortable, en occurrence, des réfectoires, des dortoirs et de toute une suite de commodités nécessaires. Il était doté d'une robuste logistique et d'un armement lourd avec des équipements adaptés au terrain aride du sud'.

'A l'origine, c'était Rabah Renaï, un moudjahid de Bouzeguene, qui connaissait un appelé algérien, un sergent chef dans l'armée française et qui s'appelait Mohamed Zernouh, auquel nous donnions, plus tard, le nom de Si Mohamed El Boussaadi'.

'Zernouh, originaire de Djelfa, travaillait avec les maquisards, alors qu'il était encore à El Bordj comme appelé dans l'armée française'.

'Après des soupçons sur lui de la part de ses supérieurs, ces derniers le mutèrent au camp d'El Hodna. Rabah Renaï, ayant appris cette affectation, reprend contact avec lui par le biais d'une liaison. Une femme du village Ouled Sidi Amar, dont le chef de l'organisation s'appelait Mayouf'.

Ladite femme, revoit Zernouh qui lui remit un papier sur lequel était dessiné le camp militaire d'El Hodna et qu'elle a ramené jusqu'à Ouled Sidi Amar, village se trouvant sous la couverture de notre compagnie. A la veille de l'opération, Moh Arezki Amechtoh informa le bataillon en disant que le frère Zernouh nous invite à prendre tout le camp.

'Sitôt tout le plan ficelé, on nous a amené l'adjudant du secteur qui s'appelait Saïd l'Hotchkiss, du village El Yachir, à El Bordj, pour nous accompagner. C'était un connaisseur de la région'.

'Le rendez-vous est pris, et Si Mohamed Zernouh prévient dans sa lettre les djounouds quant à la précaution à prendre en se présentant au camp à 17h45 exactement. Si cet horaire est dépassé, pas question de venir, ordonnait-il. Après avoir traversé un oued à Sidi Amar, nous nous retrouvons face au camp militaire, séparés juste d'un champ de blé verdoyant. Il était 17h30. L'attente de l'horaire indiqué terminée, nous fûmes précédés par Saïd l'Hotchkiss, après le signal de phares d'un camion à l'intérieur du camp, tel que prévu comme mot de passe, par Zernouh'.

'Nous traversâmes le champ de blé et en entrant. Si Mohamed Zernouh, avec son complice à la guérite, donnent des ordres de placement de chacun de nous, pendant que les soldats français étaient dans le réfectoire en train de dîner. Moh Arezki Amechtoh avait comme adjoint l'adjudant de compagnie, Amar Mameur Aït Lounis d'Aghribs. Il y avait un sergent qui s'appelait Moh l'Indochine, de son vrai nom Mohamed Fahem, de Tarihant'.

'Il fut désigné pour braquer les soldats. Sur ce, ce dernier braque et ordonne à l'endroit des militaires : «Les mains en l'air, vous êtes encerclés !» Le lieutenant Dubos rétorquait alors en ordonnant lui aussi : «Laisse-nous tranquille ! Va prendre ta garde, Mohamed !», croyant que c'était Zernouh qui plaisantait. Ce dernier invite le braqueur à reculer et à tirer en l'air. Un soldat sort du réfectoire, une assiette à la main, regarde la sentinelle, lui dit : «Qu'est-ce qui se passe ?» – «Boff ! C'est un sanglier qui passe devant le portail», répondit la sentinelle. Ledit soldat retourne au réfectoire et Moh l'Indochine lui tire dessus et entre au réfectoire en disant : «Cette fois-ci c'est nous, les rebelles ! Les mains en l'air et que personne ne bouge !

'Ainsi, nous sommes entrés avec des cordes et nous les avions ligotés. Je ne me souviens pas combien de soldats, en tout cas, parmi eux figuraient 4 ou 5 Algériens. Nous les avions dirigés dehors, puis, soudain, un des soldats à l'intérieur tira au pistolet et atteignit mortellement au dos un de nos camarades. Il nous avait rejoints il y avait deux mois environ, après avoir déserté l'armée française à Yakouren en ramenant avec lui une MAT 49», s'appelait Ali des Issers'.

'Nous sortîmes dehors en guettant tout pendant que d'autres maquisard sortaient des armes et d'autres encore arrosaient le camp avec de l'essence. Sitôt l'opération terminée, les munitions, les armes, les pièces lourdes, ont été chargées sur des mulets au nombre, me semble-t-il, de plus de 70. Les bêtes ont été conduites par leurs propriétaires originaires d'Ouled Sidi Amar, Hammam Delaâ, Ouled Bouhedid...'

'Ensuite, Zernouh sort un char et le retourne, canon pointé vers le camp et tire un obus qui fait écrouler le premier étage et embraser tout le site arrosé d'essence. Nous quittions les lieux en marchant toute la nuit pour arriver à Hammam El Biban. Là, nous montions en montagne, puis déchargeâmes les armes récupérées, dont celles contre avions et contre chars.» Avant la levée du jour, un hélico arrive. Il fait un cercle par un projecteur sur la zone et repart'.

'Le jour levé, nous vîmes des soldats français qui déclenchent leur opération de recherche à partir de Mansoura vers le côté situé en face du nôtre, soit vers M'sila. En revanche, côté Mansourah, vers nous, aux Bibans, rien ! Nous y sommes restés jusqu'à 18h passées. Puis nous rechargeâmes les mulets et en route pour Haïzer, le Djurdjura, en traversant Assif Abbas ! Là, nous vîmes les soldats arriver sur la route nationale de Béjaïa. Nous y sommes restés encore jusqu'en fin d'après-midi, puis route vers Ichelladen'.

'Le jour était levé. L'opération de l'armée française s'est limitée à l'oued, ne croyant pas que nous l'avions déjà traversé. Nous y sommes restés encore jusqu'à la tombée de la nuit pour reprendre la marche jusqu'à Akfadou où nous avions déposé les armes et pris les munitions qu'il nous faut pour chacun, puis, après un repos nécessaire, l'on nous ordonna à ce que notre compagnie reparte à Melouza, Hammam Dhalaa et Ouled Sidi Amar'.

Wrida

Après avoir désespéré de récupérer Sadia, Tahar épousa Ferroudja Moh cheikh, une femme à la mesure de l'homme qu'elle a épousé. Elle était elle aussi sœur d'un goumier. Aujourd'hui lorsque les femmes parlent de maquisards ou de goumiers elle s'en va. Elle est du village Iajmad. Moh cheikh, Rabah n'Ali n-Mhend, Achour n-Boujemaa, étaient également goumiers.

Zi-Meziane racontait qu'au mariage de Tahar, il se trouvait à la caserne de Timizart, « ils ont pris le cheval d'Ouyidir Mohand Ameziane, et le cheval de Moh Amechtoh, ils les ont égorgés, les soldats les ont mangés, j'en ai moi-même mangé, je mourais de faim » s'en amusait-il.

Moh Said Namar, un autre goumier, épousa alors la fille d'Ali Namara, de Timizart, c'était un goumier lui aussi.

Des femmes faisaient des poèmes sur sa trahison, à l'âge de ses cheveux grisonnant.

Quand il arrivait dans le village, il menaçait les gens, les femmes notamment,

- Pourquoi vous soutenez l'ALN ?
- C'est toi qui nous as amenés dans le giron de ce parti. Lui-répondent-elles. Depuis que tu t'es retiré, nous

nous sommes retirées aussi. Ajoutent-elles pour se protéger.

Ath Si Yahia

A ath si yahia Sadia était surnommée La-Fadma. Elle y passa 7 mois en tout. Elle était appréciée par tous dans le village. Elle bougeait par ci par là, mais elle revenait au village. Ensuite elle est déplacée à Ath Rehouna vers décembre 1958 sous la pression des ratissages répétés.

Après les perquisitions orchestrées par Tahar et Achour dans le village Guendoul, Akli n-Bouailech et Arezki n-Cherif, se dépéchèrent de ramener Titem et toute la famille à Ath cheikh, les Bounsiar. Deux ânes, transportèrent leurs affaires. Elles restèrent à Ath cheikh 4 jours puis, furent informées d'une perquisition à venir de Tahar, et revinrent à Guendoul une deuxième fois. Sans trop tarder elles retournèrent à Ath cheikh, où elles restèrent jusqu'à la fin 1958, et retournèrent à Igherbiene. Le deuxième mariage de Tahar avait déjà été célébré et une certaine accalmie était espérée.

Titem disait, « mon mari est prisonnier dans caserne de Nador et mon fils Mohand ou Yidir est en exil ».

Couvre-feu

Dans la nuit du 24 au 25 août 1958, le FLN a lancé une série d'attentats visant notamment des infrastructures pétrolières sur tout le territoire français, alors qu'il ne s'était jusque-là manifesté que par des attentats ponctuels prenant des individus pour cible.

Il est conseillé de la façon la plus pressante au travailleurs nord-africains de s'abstenir de circuler la nuit dans les rues de Paris et de la banlieue parisienne et plus particulièrement de 21h30 à 5h30 du matin, avait annoncé, le 2 septembre 1958, un communiqué du préfet de police de Paris, Maurice Papon, installé depuis le printemps dernier. Aux yeux du FLN, et ce couvre-feu était simplement tombé en désuétude déclarait son chef Parisien Ali Haroun.

« Nous avions devoir de casser le couvre feu. Beaucoup de mes camarades ne le faisaient pas. J'étais naïf. Je risquais souvent ma vie. Même si j'avais une carte wagon international, il y avait certaines limites ».

« Un soir j'essayais de casser le couvre feu et je finis par me retrouver dans un fourgon de police. Je n'étais pas le seul. Il y avait d'autres civils arrêtés. En arrivant à la rue Rivoli, un membre du groupe de choc tira sur le fourgon. Il essaya de prendre la fuite. Il emprunta un escalier qui se terminait sur une porte fermée. C'était une voie sans issue. Une femme l'avait vu et l'indiqua aux policiers. Ils le poursuivirent, le rattrapèrent et le tabassèrent puis le jetèrent à l'intérieur du fourgon. Il se retrouva à mon pied. Le chef de la police attrapa un marteau et les civils criaient 'ne le tuez pas'. Un autre se défendit 'Moi, je suis tunisien'. Le policier lui rétorqua 'tais-toi', 'Je vais le tuer pour que tout le monde sache ce que fait la police parisienne'. Le policier le tabassa à mort avec le marteau. Il succomba à mon pied ».

« Le lendemain j'allai chercher un journal pour savoir ce qu'ils allaient dire sur l'évènement de la veille. Je trouvai alors en substance « Hier soir, il y a eu un attentat dans la rue Rivoli, commis par des terroristes du FLN. Un policier est blessé légèrement ».

Agent parallèle

Un jour, Moh-Idir se promenait dans la rue Saint sabin. Il faisait noir. Il croisa un individu. Un français. Ce dernier vint vers lui et lui demanda de le suivre. Il lui tint les deux mains derrière le dos. Pendant un moment Moh-idir se laissait faire et cogitait. Ils arrivèrent à la hauteur de l'hôtel sis à 52, rue saint sabin, alors Moh-Idir prit une bonne respiration, se retourna et détacha ses mains. D'un coup de poing sur la figure de l'inconnu, et ce dernier vacilla, et d'un coup de pieds il finit par le mettre à terre, le visage butant sur le trottoir. Moh-Idir n'avait pas terminé. Il lui sauta dessus, lui écrasant sa tête d'un coup de talon, sa bouche dégoulinant de sang. Il remonta aussitôt dans sa chambre à l'hôtel en face. Il regarda depuis la fenêtre, l'inconnu gisait toujours sur le sol. Le lendemain, en sortant, il trouva des bouts de gencives dans une flaque de sang, encore sur le trottoir. Plus de nouvelles de l'individu depuis ce jour là. Il était manifestement de l'extrême droite. Un militant du réseau Jaques Soustelle, qui orchestrait des disparitions forcées, sans aval manifeste du gouvernement. Ça devait être vers l'année 1958.

Sadia

Zi-Ahmed était venu d'abord à Houbelli pour me rechercher, alors on lui donna les renseignements, et il partit à Ihnouchène, la bas il rencontra un responsable, qui le ramena à Ath Rehouna et me rendit visite. La famille était déjà revenue au village Igherbiene après l'exil, suite aux persécutions orchestrées par Tahar.

Je reçus Zi Ahmed, il se précipita vers moi, il me serra dans les bras, nous étions en larmes tous les deux pendant un moment, moi notamment. Alors qu'auparavant je n'avais plus de larmes. J'étais devenue insensible depuis mon évasion. Pourvu que je sois sauvée. Peu importe, qui ils jettent en prison. J'étais heureuse d'être sauvée de cette persécution. J'avais besoin d'être fière. La seule chose qui comptait pour moi, c'est les français ne réussissent pas à m'attraper.

A Ath Rehouna, Zi-Ahmed demanda à ce que je fus autorisée à venir au village voir sa mère et tout le reste de la famille. On lui répondit, « C'est Sid Ahmed d'el Mansoura d'Ihnouchène son responsable », Zi Ahmed revint alors au village sans moi. C'était à la mi-décembre 1958.

Des maquisards me raccompagnèrent jusqu'à Ihnouchène. D'Ihnouchène d'autres me ramenèrent à Imsounène. Et là-bas Belkacem Ouacif, vint demander aux responsables de la zone que je

« puisse venir voir mes parents ». Alors Belkacem me ramena au village et je revis la famille. Nous restâmes un moment, sans crainte. J'allais rester encore, …

Wrida

Ahmed Moh Amechtoh avait écrit des rapports pour le compte de l'ALN, il avait souvent ravitaillé des maquisards. Les femmes à la maison cuisinaient et lavaient du linge pour les résistants.

Il était un jour en train de creuser un puits dans son terrain tilmatin Tigezarin, lorsque les soldats français le surprirent. Ils le mirent aux arrêts, l'accusant de construire un abri pour les résistants.

Toujours près du village, Tahar le prévint, « tu verras quand on se reverra à Azazga » et les soldats le conduisirent en prison.

Arrivés à Azazga, Tahar le menaça de nouveau et Ahmed lui rappela ;

- Tu me parles ici en Français, tu es entouré de soldats tu te sens puissant. Tu oublies le kabyle et tu oublies que tu ne pouvais rien face à moi au village.

Son père n'eut plus de nouvelles de lui. Il le chercha partout, plus rien. C'était vers la fin 1958. Les soldats rassemblèrent les femmes et les enfants à Tabeqart. Wrida venait d'avoir son premier garçon. Ils jetèrent ce dernier plus loin, et tabassèrent sa mère.

Un jour, un habitué de la caserne, prisonnier libéré, vint informer Moh Amechtoh que son fils était dans la caserne d'Azazga. Ce dernier rentra à la maison et demanda à Wrida de préparer une galette molle qu'il emporta et se rendit à la prison pour reclama son fils. Les soldats lui refusèrent la visite. Un goumier intervint, « tu es arrivé jusqu'ici à ton âge, je vais te laisser le voir, mais très brièvement ». Il l'amena jusqu'à une barrière fermée, son fils arriva de loin et vint s'approcher de l'autre côté, ligoté, des blessures et traces de tortures très visibles sur son corps. Ils échangèrent pendant un court instant, et furent séparés.

Une fois à la caserne d'Ali Omar, il était caché et personne n'avait plus de ses nouvelles. C'était Moh Ouali Amrous qu'ils haranguaient pour nous frapper. Quand il finissait sa cigarette, il l'éteignait sur nos bras.

Il fut torturé à plusieurs reprises, mais n'avoua pas grand-chose d'intéressant.

Changé de prison plus d'une fois, d'abord à Azazga, puis à la caserne d'Ali omar, ensuite à celle de souk el had, puis de nouveau Azazga. Ahmed termina son séjour carcéral à Timizart.

Il finit par être libéré, et à sa sortie, il fut averti,

- Si on te trouve de nouveau dans tes terres, ou on te ramène ici ou on te tue. Va changer de pays, ou vas au maquis...

Moh Amechtoh a perdu deux fois un âne, tué dans une caserne. Il allait récupérer du ravitaillement pour les femmes des maquisards, en arrivant à la caserne, ils lui confisquent l'âne, et ils le tuent. Et lui ils le gardent en prison pendant deux ou trois jours.

Des agents de liaison nous ramenaient des vêtements pour les laver, et les recoudre. On remettait les boutons. On les pliait et on les remettait aux gens qui faisaient la collecte.

Unjour nous lavions du linge pour les résistants, et d'un seul coup des soldats arrivaient jusqu'à Tikhmirine, et à la maison, tout le plancher était rempli d'uniformes militaires. Je les ai alors rapidement jetés dans le puits et mis dessus des pierres. S'ils avaient trouvé tout ce linge, ils nous auraient tous cramé.

On les faisait sécher pendant la nuit au feu. Et si jamais les soldats voyaient et si un avion passait et voyait la lumière en travers des tuiles abimées, ils bombardaient systématiquement.

Je faisais la traite de nos vaches, ils l'emportaient dans des sceaux au refuge pour le faire cuir aux résistants. On nous ramenait souvent du blé qu'on devait moudre. Les maquisards nous disaient,

- Lorsque la guerre sera finie, personne ne passera devant vous, pas même nos femmes et nos enfants.

Sadia

Nous étions tranquilles dans le village Igherbiene, pendant plusieurs semaines.

Vers la fin de l'hiver de l'année 1959, Mokrane Bouksil se maria avec Tassadit n-Belkacem Moh ou-Mhend. Les gens célébraient son mariage. Quand soudainement, Zi Ahmed rentra, paniqué, et demanda ;

- Elle est où Sadia ? ils vont venir perquisitionner.

Mokrane était balancé. Les soldats arrivèrent, et firent feu sur les gens, Mokrane fut blessé, mais il réussit à se sauver. Il y avait les trois goumiers, Tahar, Moh Saïd et Moh Ourezki. Tahar passa dans le quartier Iqajiwen, une femme avec son fils Dahmane, se tenait sur son chemin. Le garçon avait de longs cheveux, Tahar tendit alors une paire de ciseaux à la maman du garçon, et lui enjoignit :

- Coupe-lui ces cheveux.

Dahbia Nali, l'épouse de Mohand, exilé en France depuis 1953, était réfugiée chez les villageois. Ce jour là, elle se trouvait chez les Ben Saïd. Taher, passait près de la maison, accompagné de soldats français. Il la remarqua alors au milieu d'un groupe de femmes.

- 'Qu'est ce que tu fais là, toi ? tu es la femme de Mohand ou Abderrahmane !' il devait en être sûr.
- Non, ce n'est pas elle, c'est sa soeur Hasni n'Ali. C'est l'épouse d'Ahmed-N-Cheikh. C'est sa sœur, elles se ressemblent, tu as oublié ? Lui rétorqua une femme.

Tahar sembla alors comme pris d'une torpeur, se ressaisit et décida de poursuivre son chemin, laissant tomber l'interrogatoire.

La vérité n'était pas loin. Hasni n'Ali et Dahbia n'Ali sont cousines. Hasni était mariée à Hemd-n-Cheikh, contre la volonté de ce denier. Depuis il quitta le foyer familial, et émigra en France, pour ne revenir qu'au décès de sa mère, bien longtemps après la guerre.

Ouchawan, un goumier depuis peu, arrivé du côté du cimetière nord ouest du village, accompagné de soldats français, il se dirigea vers la fontaine, et essaya de s'emparer de Jejiga ou-Chelaoud. L'épouse de Moh Ourouji s'interposa et essaya de la lui reprendre. Il y eut une violente altercation, tant les deux femmes résistaient. Ouchawan avait son fusil et la main fixée sur la gâchette, il s'en servit pour dégager l'épouse de Moh Ourouji, le canon pointé dans son ventre, il lui tira un coup de feu, elle tomba, et la fumée se dégageait de sa bouche. Le goumier ne traina plus dans la région depuis, tant il était menacé.

Les villageois sont traumatisés de nouveau. Sadia était cachée et sauvée de justesse.

Mokrane est revenu au milieu de la nuit, resta à la maison puis dans la région, faisant des visites à la maison, durant une semaine puis il disparut.

Juste après cette perquisition, je dus prendre la fuite de nouveau. Je me suis dirigé vers Houbelli, de nouveau.

Avant mon arrivée à Houbelli, le chef du secteur de Houbelli avait écrit une lettre à mon sujet au « chef de la boite », il s'appelait ainsi, basé à Ath Rehouna, le prévenant

- Cette femme, il s'est passé beaucoup de chose à cause d'elle, des hommes ont été battus ou emprisonnés. Alors il ne faudrait pas qu'elle revienne ici. disait dans son meessage.
- Ils vont t'éloigner d'ici, ils vont se débarrasser de toi. me raconta un maquisard à mon arrivée.
- Donc il ne faudrait pas attaquer les soldats français pour épargner les représailles aux civils. Si vous avez peur que les civils aillent en prison, il ne faudrait pas combattre les français. répondis-je.

- Rien que pour ces mots, tu mérites une promotion. Me répondit-il.

Alors j'ai décidé de rester à houbelli, durant toute la durée, je ne me déplaçais que sur place pour échapper aux perquisitions. Il n'y eut pas de fuite d'information. Nous restâmes paisibles de ce côté-là pendant quelques mois.

Moh-el-haj disait à Wardia, « il faut ne jamais le provoquer, il est malade. Il n'a pas toute sa conscience ». Un jour, en marge d'une perquisition, Tahar questionna Wardia, et elle lui rétorqua

- Tu sais tout, je ne vais rien t'apprendre.

Il la gifla très violemment. Lorsqu'elle le raconta à Moh el Haj, il la réprimanda, lui rappelant,

- Je t'avais prévenue, il ne fallait pas le mettre en colère. Il n'a pas toute sa raison.

Vers la fin, Tahar commençait à tout regretter. Il voulait rallier de nouveau l'ALN. Ils lui posèrent alors une condition, qu'il ramène avec lui deux goumiers, qu'ils avaient identifiés comme étant des criminels, afin de les exécuter. Il se présenta avec les dits goumiers, à leur insu sur ses intensions, sur le lieu du Rendez-vous, les maquisards n'étaient pas venus. Tahar, accablé de cette double trahison, il finit en larmes.

Dans les journaux français de la mi-août 1958, on pouvait lire, « Le poste était attaqué par des hors-la-loi, qui poignardaient la sentinelle et surprenaient les militaires alors qu'ils commençaient leur repas Deux de ces derniers étaient tués et sept autres blessés. Quelques-uns parvenaient à se retrancher dans une salle où ils tinrent tête à leurs assaillants. Mais ceux-ci, en se retirant, emmenèrent avec eux seize hommes et un officier, le lieutenant Dubos'. Le lieutenant Olivier Dubos était âgé de trente-cinq ans. Il était réputé pour avoir découvert, le 28 mai 1957, le charnier de Melouza.

'Le poste était occupé au total par trente-trois personnes, dont cinq musulmans et deux gardes forestiers. L'hypothèse d'une complicité intérieure ayant permis l'attaque des rebelles fut, à l'époque, envisagée'.

'Les recherches aussitôt entreprises pour retrouver les militaires français fait prisonniers n'aboutirent à aucun résultat. Le lieutenant-colonel Goussault, qui a annoncé lundi soir la découverte du corps du lieutenant Olivier Dubos, a précisé que l'acte de condamnation signé d'Amirouche avait été remis à la Croix-Rouge internationale'.

L'ALN n'achevait jamais ses prisonniers blessés. Le seul à avoir été passé par les armes, c'était le lieutenant Debos du poste d'El-Hourrane, pris prisonnier, et dont les supérieurs ont refusé l'échange avec le lieutenant Hocine Salhi, préférant l'assassiner près d'El-Kseur. Pour ce lieutenant de l'armée française, une lettre, signée du colonel Amirouche, fut adressée à ses parents pour s'en excuser et leur dire que la responsabilité incombe entièrement aux seules autorités militaires coloniales installées à Bougie.

Mohand Igherviene

'En route vers melouza, nous fûmes pris par un ratissage entre Ouled Bouhedid et Ouled Sidi Amar, et ce jour-là, Mayouf, le chef organique de ce dernier village, est tombé au champ d'honneur. Nous pûmes sortir et atteindre le village Taslent, près d'Akbou, où nous nous refugiâmes. Sur place, on nous égorgea un bœuf, et au matin, nous nous trouvions encore encerclés'.

'Ils furent poursuivis pendant 6 jours par des militaires aidés par un pistage d'une aviation'.

'Les tirs s'engagèrent dès 4h du matin pour durer jusqu'au soir. Les soldats français cessèrent de tirer, alors que nous, nous n'eûmes pas eu de répit. Quelqu'un aurait dit aux Français : 'Vous les trouverez ces fellagas endormis. Vous les attachez et les ramenez'. Mais ce fut un cuisant échec pour les soldats

Français. Nous fîmes tellement de victimes chez les Français que ce jour-là, tous les jeunes de Taslent rejoignirent les rangs des maquisards, après avoir pris les armes et détroussé de leur tenue les soldats tombés'.

'Nous avions même pu récupérer des armes Thomson américaines. A 15h, on nous lança des tracts demandant l'arrêt des tirs pour permettre d'enlever les cadavres, mais nous, nous ne pouvions nous arrêter, sachant que nous n'étions pas une armée régulière. Pendant que nous cherchions à nous en sortir, nous vîmes 8 soldats lever les mains en l'air et se rendre vers nous, leur arme en bandoulière, jusqu'à ce qu'ils pénètrent dans nos rangs'.

'C'était des appelés kabyles dans les rangs de l'armée française. Parmi eux figurait un nommé Saïd de Tazazraït de Tamda. Puis ces jeunes appelés sont venus avec nous, avec leurs armes jusqu'à Akfadou où nous y sommes restés. L'année 1958 tirait alors à sa fin. «Là, on a remplacé Moh Arezki Amechtoh de notre compagnie et on a reformé notre bataillon de choc'.

'Zernouh, qui avait réussi l'exploit d'El Hodna, reçut le grade de capitaine des mains de Si Amirouche qui mit notre bataillon sous sa responsabilité.

Sadia

Amirouche fit une réunion pour ses officiers, il leur dit,

- Ces gens qui sont morts dans l'affaire des bleus, nous n'allons pas les considérer comme des traitres. Ce sont pour nous toujours des résistants, tombés au champ d'honneur.

Il voulait nous encourager à poursuivre le combat. Il savait que certains étaient un peu démoralisés. Puis, il se dirigea vers la Tunisie avec un groupe d'homme, pour aller chercher de l'armement et pour d'autres affaires aussi.

Mohand Igherviene

Sous le commandemant de Zernouh, notre bataillon reprit la marche vers Batna. Nous étions déjà en mars 1959.

En arrivant quelque part entre Sétif et Barika, nous occupions une montagne s'appelant Djebel Maâdhi. Et c'est là que nous apprîmes, par radio, la mort de Si Amirouche et Si El Haoues'.

Un choc terrible fut subi par Mohand Igherviene et ses camarades suite à la mort du colonel.

'En arrivant à Djebel Boutaleb près de Batna, nous apprîmes officiellement la bouleversante nouvelle. Le moral était au plus bas. Mais quelques uns tenaient mieux le coup, et arrivèrent à redresser la barre, et nous nous accrochâmes avec un slogan 'Nous sommes tous des Amirouche'. C'était le maitre mot pour ranimer la ferveur'.

Sadia

Il subit une attaque d'aviation qui ratissait à Boussaâda. A sa mort, les soldats français le regardaient seulement de loin, ils avaient peur de s'approcher du cadavre, il avait ses yeux ouverts et son index était toujours fixé sur la gâchette. Ils ont fait venir Achour Aman Zegwarene pour s'en assurer et l'identifier.

Des femmes déclamaient des poèmes suite à sa mort :

- Ayathmathen elah elhed, Reb aki jared, delmadh our ifechlara.
- Netef di rebi lewahed, se niges oulahed, ou naabdara chakhsia,
- Ma damirouche istechhed, yemut damjahed, aafumtash al moulouka,
- Ilkhetva ynes yeqared, gulis inechded, itwesiyagh fe lkhawa,
- davrid n tunes igeqsed, Siw ur yalim hed, almi yawdh ar busaada,
- Di ratissage ihesled, lemnaa ulahed, nanas meden akw delvayaa,

- Les avions lah dacheded, lantir ikhefted, techaal tmes di lqaa
- Koul akhabith yessawded, achour ilehqed, nanas akw dwina
- França di radio t hedred, tena randit ed, tighid tfuk Lgara,
- Lakin, nekwni naatabed, awekhar ulahed, nekath ghaf Lhouria
- Wi vghan ljihad yazled, muhal ath nehsed, nkwni de jeneth inevgha,

Convocations

Lors de la mort du colonel Amirouche j'étais encore à Paris. C'était une nouvelle bouleversante pour tout monde. Qu'ils soient pour ou contre les résistants. C'est à cette période qu'ils ont commencé à m'envoyer des convocations pour le service militaire. J'ai tardé à répondre, et un jour un gendarme débarque chez moi tôt le matin. Je dormais. Je l'ai retenu en conversation un bon moment.

- Je ne reçois pas mes convocations, il doit y avoir une erreur sur l'adresse.

Car je viendrais faire mon devoir national avec joie. Lui dis-je.
- On ne va pas te ramener si tu es comme ça dans cette résidence précaire. Quand on aura besoin de toi on viendra te chercher. me répondit-il.

Il est revenu plusieurs fois me chercher, il ne m'a pas trouvé. Une fois il est rentré dans le restaurant de l'hotel, il me cherchait, j'étais en train de manger un couscous. Il m'a touché avec son manteau, sans me reconnaitre. Il demande alors au patron qui tenait le bar, et ce dernier lui répond,

- Je pense qu'il doit être encore dans sa chambre.

Une autre fois je me dirigeais à mon travail, et je le croise sur le trottoir. Il venait vers chez moi, il m'a regardé, et continué son chemin. Il ne m'avait pas reconnu.

« Ils ont fini par m'arrêter dans un contrôle de routine et je fus jeté dans une cellule. Après la purge de la peine on me ramena à la caserne pour faire le service militaire ».

Quand j'étais au poste, on me demande de poser toutes mes affaires sur la table, dont les cigarettes et la chique. J'avais les yeux rivés dessus. L'argent, je m'en fichais, car je sais qu'ils me le rendraient à la fin. Je parlais avec l'adjudant, à chaque fois je me penchais vers lui, faisant mine de mieux l'écouter. Une fois, je me penchais et je posai ma main sur le paquet, en me relevant je le récupère. Une autre fois je fais pareil, et je récupère la chique. J'ignore si l'adjudant l'avait remarqué, mais le gardien m'a vu, et il n'a rien dit. C'était un soldat français, il tenait une « masse 36 ».

Je rentre en prison, et je n'y ai trouvé que des français, aucun algérien ou autre. Ils étaient tous déserteurs comme moi. Je leur ai offert le paquet de cigarette, ils en allumaient une seule à la fois pour tous, en fumaient furtivement, chacun à son tour, et l'éteignait pour une autre occasion. A mon tour, j'ai dit, moi une prise de chique ça me suffit pour un bon moment. Un jour, j'ai écrit une lettre pour un français, camarade de prison, pour ses parents. Il ne savait pas écrire.

J'ai deserté une fois, et je me suis fait de nouveau arrêter. J'ai essayé de refaire la même technique. Mais je voyais le regard du gardien, c'était un kabyle, j'ai tout de suite reconnu son visage. Je sentais qu'il allait me dénoncer, et me faire honte, alors je n'ai pas tenté, j'ai alors demandé à l'adjudant,

- Puis-je récupérer mon tabac ?
- A ça il fallait y penser avant de déserter. Répondit-il.

J'ai passé le service militaire. Dans la journée je m'entrainais avec tout le monde et le soir je retournais en cellule. C'était comme ça durant 4 mois.

« Ils ont organisé un jour une course à Angoulême, qu'on appelait le parcours d'un combattant. La distance devait faire entre 15 et 30 km, je ne m'en souviens pas bien, mais c'était à l'extérieur de la ville. Je n'étais pas soucieux de gagner. Il fallait finir le parcours, alors je courais, c'était tout. J'allais être le premier, mais juste avant la fin, j'ai perdu ma sandale, et un italien passa devant moi. Ils ont annoncé que j'avais une médaille, j'étais classé deuxième. Mais j'étais absent, sorti en permission, et je n'y fus pas retourné. J'étais déserteur ».

« A la même période, Messali Haj, était aussi à Angoulême, il était en résidence surveillé, puis transféré à la prison de la santé. Il vivait bien, comme un prince. Son épouse était toujours restée française, catholique jusqu'au bout. Nous, à ses yeux, il ne fallait pas qu'on soit berbère ».

« Dans la caserne, nous, soldats indigènes mobilisés, avions plus de grade et de valeur que les Harkis. Ils avaient un complexe d'infériorité devant nous. La différence était majeure. Eux, ils avaient choisi la France. Ils couraient derrière elle pour les protéger. Alors que nous, la France était venue vers nous. Et elle avait la contrainte permanente et le souci de veiller à ce que nous ne désertions pas ».

« Nous faisions également des déplacements au pas de Calais. Si non, nous avons passé un certain temps au bois de Vincennes ».

Je fus repéré comme bon tireur à Angoulême. J'avais entre les mains le fusil-mitrailleur MAC 24, je visais, je tirais. Lorsque la balle tombait trop haut, je baissais un peu le canon, lorsque je la trouvais trop basse, je remontais la mire, je finis par toucher le milieu de la cible.

J'allais être affecté à Ain Temouchent, comme soldat appelé dans l'armée française pendant le service militaire en fin d'été 1959. Ça aurait un moyen de m'échapper pour rejoindre le maquis.

Sadia

Said Acharfioui, jura de défier Tahar, il planifia de lui faire un attentat, « un jour ce sera lui ou moi » promit-il

Les soldats avaient fait ratissage près d'Ighil Bouzal, et ils décidèrent de passer la nuit chez Saïd Acharfiw, mais ils ne savaient rien sur lui. Ils ne l'attendaient pas en personne.

Ils faisaient de même à Igherbiene, lorsqu'ils venaient faire ratissage ou perquisition, ils passaient la nuit dans la maison net Berbert. Car c'était plus facile de s'y protéger. La maison était presque à l'extérieur du village. Ils choisissaient toujours une maison isolée.

Saïd n-Cheurfa était en permission chez lui, à son arrivée il trouva des soldats, avec d'autres goumiers. Tahar était de garde. Mais il ne voyait pas Saïd n-Cheurfa.

Le propriétaire arrivé, frappa à la porte. Tahar déclara alors « je n'ai pas besoin d'arme face à lui, je vais l'attraper avec mes mains ». Il ouvrit la porte et Said lui tira dessus, Tahar riposta, mais Said était plus prompt et toucha mortellement Tahar, au thorax, qui tomba raide mort. C'était durant l'été de l'année 1959.

Angoulême

Au bout de ces 4 mois d'entrainement à Angoulème, je suis donc affecté à Timouchent, comme un bon nombre de mes camarades. C'était en automne 1959

Ils avaient tous permission d'aller voir leurs familles avant de partir au front, sauf moi.

- tu vas déserter, me répondit l'adjudant,
- C'est injuste, il faut que je voie le colonel, exigeai-je.

On m'a amené voir le colonel. Garde à vue, et j'explique,

- C'est une erreur de ma part, j'avais trouvé mon oncle très malade, il était en hopital psychatrique, j'ai alors du travailler pour le soutenir financièrement. Mais moi je veux aller faire la guerre.
- Donnez-lui une permission, ordonna le colonel.

Je suis parti récupérer mes affaires et j'ai demandé qu'on me donne un costume le bleu,

- Car je risque sinon de croiser des felaga, je pourrais être reconnu comme soldat, argumentai-je.
- Non, tu ne sortiras pas. me rétorqua l'adjudant,

- Voila ma permission.

Il me rendit mes affaires et me donna le costume, et je quittai la caserne.

Challes

Durant l'opération Challes, sur tout le territoire Algérien, il y a 26 000 combattants ALN tués, 10 800 prisonniers, 20 800 armes récupérées. Le plan Challe a entraîné, en quelques mois, la suppression de la moitié du potentiel militaire des wilayas, dont les pertes augmentent sensiblement, ainsi que le pourcentage des prisonniers et des ralliés. Le moral de l'ALN, déjà atteint par les sanglantes purges internes qui ont décimé la wilaya III puis la wilaya IV en 1958, durant l'affaire de la « Bleuite » et par le sentiment d'être abandonné par l'extérieur, en est davantage encore affaibli.

Jumelles

L'opération Jumelles est une opération militaire menée contre la Kabylie dans le cadre du plan Challe. Elle se déroule du 22 juillet 1959 au 4 avril 1960. L'armée française mobilise 60 000 hommes dont la demi-brigade de fusiliers marins, le 5ème régiment étranger d'infanterie, la 10ème Division parachutiste, des avions et des hélicoptères et l'appui des services de renseignements du 2e bureau, afin de ratisser la wilaya et d'éradiquer totalement l'ALN par des combats continus.

La première phase de l'opération Jumelles est appelée « Pelvoux » et se déroule du 22 juillet au 9 août 1959. Les fusiliers marins commandés par le capitaine de frégate Sanguinetti investissent la forêt d'Akfadou.

Mohand Igherviene

Nous poursuivîmes notre chemin, Batna, Khenchela, Tebessa, Souk Ahras, Laâouinet, Lakbari, Zarouria…, jusqu'à la frontière tunisienne où nous nous retrouvions à trois bataillons des Wilayas II, III et IV.

A notre retour à Batna, Mustapha Bennoui, chef de la kasma, ordonna aux Kabyles de regagner la Wilaya III, en nous précisant que celle-ci est en train d'être décimée par l'opération Jumelles. En arrivant à Sétif, nous perdîmes 32 maquisards de la section de Mohand Ou-Ramdane, dont il ne restera que celui-ci et Moh Lazayev de Tigzirt, brûlés par le napalm.

La traversée

Je viens de quitter la caserne d'Angoulême, je remonte à Paris et je reprends ma vie de déserteur.

Après mes deux désertions de l'armée, j'étais condamné par contumace. Je me résolvais alors progressivement à l'idée de m'éloigner. La vie de fugitif devenait de plus en plus intenable en France.

Je rencontre les agents de liaisons, qui me promettaient de me trouver un passeur pour me faire traverser la frontière. Je voyais que ça commençait à tarder.

« Je me rendis un jour au 21ème arrondissement de Paris, pour voir un ami, d'Abizar, un passeur, son père s'appelait « l'ancien ». Nous étions dans un bistrot, quand des policiers y entrèrent pour fouiller et perquisitionner. Ils demandaient la pièce d'identité à tous les visages suspects. Un policier s'approcha de moi et demanda mes papiers. Je ne pus montrer que la carte d'assurance. Je n'avais que ça comme papier. Ma carte d'identité je l'avais laissée à la caserne en désertant. Il voyait bien que mon visage s'assombrissait et je devenais fébrile, il ne chercha pas davantage. Alors que d'habitude, s'il n y avait pas de carte identité, on se faisait systématiquement arrêter. En général, si tu n'as pas une fiche de paie récente, tu es suspect. Je ne sais toujours pas la raison de son indifférence ».

« Si j'avais attendu, je me serais fait arrêter et jeter en prison. Un ami m'a conseillé de ne plus attendre qu'on me fasse les papiers ou qu'on vienne me faire passer, sinon je finirais par attraper une maladie en cellule. Ce n'était pas une prison. Il n y avait pas de couverture, ni rien sur les planches du lit ». C'était en automne 1959.

Mon chef voulait me placer comme contrôleur des armes. Alors j'expliquai,

- Pour être contrôleur des armes, il me faut des papiers.
- Les papiers ça coute cher, pour te faire une fausse carte d'identité marocaine ou tunisienne, ce n'est pas évident, me-répondit-il.

« J'ai pu croiser finalement un autre militant, qui me conseilla :

- Si tu veux aller en Allemagne, je t'indiquerai les marches à suivre.
- Oui, bien sur.

- Tu vas à la gare de l'est, tu prends le train direction Forbach. Quand tu arriveras à Metz, le train s'arrêtera une heure. Il y a toujours des gendarmes qui viennent contrôler. S'ils montent par une porte, tu descends par l'autre porte ».

« A mon arrivée à Metz, je vis des gendarmes en train de faire des rondes. J'attendais. Ils ne montèrent finalement pas dans le train, alors je décidai de ne pas bouger de ma place. Le train reprit son chemin. Je descendis à la gare de Forbach. Avant de descendre, je vis un policier au quai. Il regardait dans ma direction. Je pensais pendant un bon moment que j'avais été vendu. Je me résolus quand même à avancer tranquillement, mais dans le stress j'oubliai de remettre mon ticket à la préposée au poste de contrôle, et elle m'interpella ».

- Votre ticket s'il vous plait !

- Excusez-moi. Je vous jure que c'est ma tête qui va loin. J'avais oublié.

« Finalement le policier ne faisait qu'une surveillance générale en regardant à l'horizon ».

« En sortant de la gare, j'entendais des gens qui parlaient Italien, Espagnol, et puis Arabe. Je suis alors allé voir les deux qui parlaient arabe ».

- Vous êtes arabes ?
- Oui,
- Vous êtes algériens ?
- Oui,
- Emmenez-moi au bistrot de Hamid, le passeur pour Salbrick.

« Salbrick est le premier village allemand en quittant Forbach. Finalement, ces deux là, étaient des durs. Ils avaient des moyens et un lieu de torture sur place. C'était des messalistes. Nous et les messalistes on s'entre-tue. Je pensais que c'était le FLN qui les avait envoyés pour recevoir les fugitifs. On était à Forbach, mais toujours en France. Ils demandèrent alors,

- Qu'est ce que tu as ?
- J'ai déserté l'armée. Répondis-je.

« Probablement à cause de mon allusion à l'armée, ils ne voulaient pas chercher davantage d'information sur moi. Nous entrâmes dans le bistrot de Hamid, et je lui demandai sans prélude »,

- C'est toi Hamid ?

« Là son visage devient blême. Il paniquait et il plongea sa main dans le terroir. Il avait peur, mais j'avais peur également tant sa fébrilité était palpable ».

« Comme il savait que les deux accompagnateurs étaient des messalistes, il déduisait alors que j'étais leur agent. Car à cette époque lorsqu'ils décidaient d'exécuter quelqu'un, ils demandaient d'abord le nom. Ainsi, ils étaient sûrs de ne pas commettre l'erreur de confondre. Je regrettai juste après d'avoir posé la question ».

« Les deux autres aussi étaient mal à l'aise. J'ai décidé de me retenir de poser davantage de questions. Les deux hommes demandèrent si je voulais boire. J'ai vu qu'ils prenaient un thé, j'ai demandé alors un thé comme tout le monde. Ils me prévinrent avant de repartir »

- Ce soir on revient te voir.
- Merci, vous m'avez accompagné jusqu'ici, vous m'avez déjà rendu un grand service.

« Je les ai reconnus, d'expérience, suite à ma question, qu'ils n'étaient pas du même camp que le gérant du bistrot Hamid le passeur. J'ai su qu'eux, ils n'étaient pas du FLN. Le contact entre eux et lui était plutôt froid ».

« Forbach était un petit village, tout le monde se connaissait. Et ceux là se connaissaient avec le propriétaire du bistrot. Celui là, est originaire d'Akbou ».

A peine ces deux messalistes ont-ils quitté, que Hamid, me demanda ;

- Qu'est ce qui t'amène ici ?
- J'ai déserté l'armée
- Mais qui sont ces individus qui t'ont ramené ici ?
- Ces individus m'ont rendu service. Ils m'ont accompagné jusqu'à l'endroit que je cherchais.
- Mais ce sont des messalistes !
- S'ils sont messalistes, alors faites ce que nous faisons à Paris.

« Là j'ai manifesté un peu plus ma colère. J'étais sûr de moi, je n'avais rien à me reprocher. Le pire qu'ils puissent m'infliger c'est de me refuser de me faire passer en Allemagne. Il demande alors, »

- Et comment faites-vous à paris ?

- Nous occupons des hôtels. Les messalistes qui veulent bien nous rejoindre, peuvent rester avec nous et les autres doivent quitter. Répondis-je.

« Un moment plus tard, je vis un individu, qui venait de rentrer. Je n'attends pas très longtemps avant de l'interroger »

- Je cherche Moustique pour me faire passer à Salbrik.
- As-tu un mot de passe ? demanda-t-il
- Non, je ne l'ai pas ramené. Répondis-je.

« Car le mot de passe si tu le perds tu peux te faire attraper. Et puis ils ne peuvent pas t'en faire un sur place. Ils peuvent te trainer de jour en jour, sans réponse. Il n'était plus possible pour moi de me cacher plus longtemps. Les gendarmes m'auraient de toute façon retrouvé où que je me cache. Alors je n'ai pas attendu qu'on me fasse un mot de passe ».

- Moustique aujourd'hui est parti à l'Est. Répondit-il.

Il se faisait passer pour un autre, finalement c'était lui Moustique. Il ne me l'avait jamais dit lui-même.

« Quelqu'un d'autres entra dans le bistrot avec son fils, et déclara

- On va se battre pour la liberté jusqu'à la mort. Nos enfants vont arriver et se battre à leur tour. Si l'indépendance n'est pas encore acquise, alors les pierres de notre terre s'insurgeront pour réclamer l'indépendance.

- Puis, il commanda à Hamid

- Donne un couscous à celui là.

« Il faisait allusion à moi. Ils étaient tous Kabyles. Je mangeai alors le couscous, même s'il n'avait aucun gout ».

« Un autre homme encore pénétra dans le bistrot, un kabyle présentement. Nous, à Paris, nous n'avions pas l'habitude de boire de la bière et de jouer au domino. Mais là, je voyais qu'ils buvaient tous, ils jouaient et s'amusaient ».

« Ce nouvel individu m'apostropha »

- Dieu de ton Dieu. Où que se cache ton Dieu, il va se montrer avant ce soir.
- C'est ce que j'attends. Répondis-je.

« Son excès d'assurance m'agaça un peu. Mais j'essayais de rentrer dans son jeu. Il rejoignit finalement un groupe pour jouer aux dominos et boire un verre. Mais je continuais de le surveiller ».

« Il commençait à y avoir de moins en mois de monde dans le bistrot. Le logis n'était pas assuré sur place. Ils commencèrent à fermer les fenêtres. Le patron devait bientôt me mettre dehors.

Et le village est trop petit pour me cacher, et j'étais facilement reconnaissable ».

« L'inconnu se pointa de nouveau au bar pour payer sa note. Je l'accostai encore,

- C'est le soir ! demandai-je
- Oui, qu'est ce que tu veux ?
- Je veux que mon Dieu se manifeste.
- Par là où passera mon Dieu, ton Dieu passera.

« C'était sa façon de me dire 'je te tuerai' ». Mais j'éclatai de rire. J'avais pourtant l'intention d'en venir aux mains avec lui. J'étais fichu de toute façon. J'avais l'intention de lui demander de me suivre dehors et de choisir entre me faire passer où en découdre. J'aurais cherché la bagarre rien que pour sa provocation».

- Ramène ta valise, Dieu de ton Dieu. convia-t-il.

Je ramenai alors la valise dehors.

- C'est bon, remets là, se rétracta-t-il.

« On marcha un peu, puis il redemanda 'va la chercher'. C'était juste une petite valise, une chemise et un maillot. Il n y avait pas vraiment de vêtements. J'allai chercher encore une fois la valise. Je pensais qu'il allait partir sans moi. Je trouvai le bistrot toujours ouvert. En repartant, l'individu m'attendait quand même. On entra dans un autre bistrot. Il s'assit et se mit à boire, puis il me déclara « C'est ici que je réside ».

« Nous sortîmes et nous primes un trolley jusqu'à la frontière. Il avait mis un costume pour cacher sa chemise blanche, car on devait traverser une forêt. Il me demanda;

- Il ne faut pas faire trop de bruit. Il fait noir. Si jamais tu te fais attraper, ne leur dis pas que tu es venu avec moi. Mais moi, ne t'inquiète pas, j'ai un laisser-passer' ».

« Il m'arrivait de faire un peu de bruit. Il me rattrapa finalement pour m'accompagner afin d'éviter que je me fasse remarquer à cause de ma valise. Nous marchâmes un long trajet. Au bout d'un moment, il s'arrêta et me dit »

Voila, nous sommes maintenant en terre Allemande.

Sadia

J'étais à Houbelli, quand Tahar fut abattu. Des maquisards m'envoyèrent un message me disant 'le calvaire est fini pour toi', d'ath Rehouna je revins à Houbelli et je revins alors au village sans trop tarder. C'était vers la fin d'été 1959.

J'ai rencontré Saïd Acharfiw peu de temps après. J'avais tricoté des gants spécialement pour lui. Je les lui ai offerts en cadeau pour son œuvre.

La femme de Tahar soutient toujours qu'il avait reçu une balle dans le dos.

Said acahrfiw finit par tomber au champ d'honneur, bien plus tard, laissant derrière lui une veuve et deux filles.

Allemagne

« Nous nous rendîmes de suite dans un hôtel. Il n'y avait même pas de fenêtre. C'était un logis bon marché. Je louai quand même ».

« J'avais quitté Paris avec 10 000 francs. J'allais lui donner un pourboire. J'avais encore dans les 6000 francs ».

- Mon nom est Zarzour. Le FLN pour moi c'est Dieu de Dieu. Me prévint-il.

C'était pour me dire qu'il s'en fichait totalement du FLN, et il reprit.

- Je cotise mes 3000 francs, et c'est tout. Le parti ne m'intéresse pas du tout. Ce qui m'importait, c'était toi qui trainais partout et tu finis par être abandonné par tous. Si j'avais de l'argent sur moi, ce serait moi qui t'en donnerais. Mais je n'en ai pas et je ne prendrais pas le tien.

Il demanda alors,

- Est-ce que tu loues pour une nuit ou deux ?
- Deux nuits. Répondis-je sans réfléchir.

Le tarif était de 500 francs pour une nuit.

- Mais demain quand tu te réveilles, ne le leur dis pas 'c'est Zarzour qui m'a fait passer'. Car pour eux je ne vaux rien. Dis leur seulement 'mes frères m'ont fait passer, et ils m'ont laissé la consigne pour que vous preniez le relai.

« C'est un Kabyle, de Sidi Aich. On a fini par se connaitre. Le lendemain, à la gare, je demandais la direction Bonn. Il y en avait un qui me fit signe. Il ne connaissait pas un mot de français, et moi pas un mot en Allemand. Nous montâmes dans un fourgon qui nous emmena jusqu'au lieu des correspondances. Puis Il m'expliqua, 'tu descends par là, tu ressors de l'autre côté. Il y a un train de Bonn qui va passer. Ce que je fis. Un train marqué Bonn rentra en gare. Je grimpai à l'intérieur. Et je descendis à Bonn ».

« Je rentrai dans la cafeteria de la gare de Bonn. Je vis deux individus à l'extérieur qui passaient et repassaient, plusieurs fois, en me regardant à chaque passage. Il s'avéra après qu'ils étaient militants du FLN. En général, quand ils recevaient un militant du FLN, ils l'accueillaient. Mais les messalistes ne se réfugiaient pas la bas. Ils n'y avaient pas de représentants ».

« Je patientais pendant un temps puis décidai de sortir pour les attendre. Voila qu'ils réapparurent. Je demandai;

- Vous êtes Algériens ?

- Oui, des Algériens !
- Est-ce que vous connaissez Hamid ?
- Bien sur.
- Vous pouvez donc m'accompagner chez lui ?
- Tu as ramené une mutation ?
- Non, je n'en ai pas.
- Tu as les papiers militaires ?
- Evidemment.

« Hamid c'était un des représentants du FLN à Bonn. Abdel Malek, lui, c'est le 1er représentant, jusqu'à l'indépendance. Il devint ambassadeur à Bonn après l'indépendance. Il reviendrait plus tard pour nous faire un discours ».

« A l'époque, l'Allemagne pouvait accepter un représentant du FLN, mais pas un ambassadeur. L'état n'était pas encore reconnu ».

« Ils m'emmenèrent dans un genre de maison d'hôte. J'y louai une chambre pour la nuit. Puis le lendemain, nous allâmes dans un hôtel. J'y trouvai Dr

Lamine Debaghine. Krim avait envoyé Abane et Ouamrane pour ramener Debaghine dans le giron du FLN. Lehouel Hocine, le frère de Yassef Saadi y étaient aussi, tous pour le compte du FLN ».

« J'ai souvenir du passage du frère de Yassef Saadi, avant son départ pour la Tunisie. Il déclara ;

- J'espère qu'on va se rencontrer soit sur un champ de bataille ou dans une Algérie libre.

Il avait de la chance, de par sa filiation, de pouvoir se faire passer en Tunisie, dans l'espoir de rentrer au maquis. C'était un privilège de pouvoir rentrer au maquis à l'époque. Nous voulions tous traverser pour venir combattre. Certains devinrent trop nerveux par la suite et trop bagarreurs, frustrés à cause de cet empêchement ».

« La ligne Morris était infranchissable. Nos supérieurs nous répondirent un jour suite à notre demande de traverser :

- La ligne Morris est infranchissable, vous ne pouvez pas la traverser, la ligne Challe non plus. Si c'est pour être une charge supplémentaire pour le trésor du FLN en Tunisie, ça ne sert à rien. Alors qu'ici vous travaillez, vous gagnez de l'argent et vous cotisez pour la révolution».

« Il y avait de l'armement derrière les frontières. Mais pratiquement impossible de le faire rentrer à l'intérieur. Si j'avais pu venir en Tunisie, je me serais retrouvé dans l'armée des frontières contre les vrais maquisards de l'ALN ».

Mokrane

Six mois après son mariage, Mokrane Bouksil réapparut. Il rentra à la maison complètement mouillé, il pleuvait sans arrêt, il faisait froid. C'était durant l'automne 1959.

Par la suite Tassadit fut récupérée par des gens de sa famille, et l'installèrent dans une zone contrôlée par l'armée, inaccessible, à Taboukirt. Mokrane était de retour au village. On lui apprit la nouvelle, il se retrouva esseulé et en larmes. Il ne revit plus sa femme. Il aura été avec elle en tout, 54 jours. Il fut tué dans un accrochage avec les soldats, touché mortellement d'un tir d'avion qui l'avait rattrapé au bout d'une cavité sans issue, près de Tigzirt.

Tachivount

Tachivount, est une colline broussailleuse, est située en bas d'Adrar Ath Kodéâ, village relevant de la commune d'Aghribs, à 45 km au nord-est de Tizi Ouzou.

Hadj Mohand-Saïd Mansour, né en 1926, Si Mohand-Saïd Boudekhane de son nom de guerre, s'en souvient.

Avant le 8 octobre 1959, j'étais à Aït Aïssa Mimoun près d'Ouaguenoun. La veille, j'avais ordre de rejoindre Iguer Bouirane près de Fréha, afin de prendre part à une réunion d'urgence pour laquelle nous devions établir un procès verbal. Nous n'avions terminé qu'à 4h du matin. Nous avions alors remis le rapport pour être caché à Tikherbine, dans la maison d'Ali Ouramdane. Puis il y eut la sortie, sur des chevaux, des éléments du Groupement mobile de protection rurale de l'armée coloniale, basé au village Kahra.

Ainsi, l'abri où fut dissimulé le document a été découvert. L'on a appris ensuite que c'était à cause d'un poste radio "oublié" en marche. Un moudjahid qui refusait de sortir de l'abri avait d'ailleurs été tué, et ainsi, les militaires du Gmpr découvrirent le PV sur lequel les noms des participants n'étaient pas portés. Seules les fonctions étaient mentionnées ; aspirant de la région 3, adjudants des secteurs 1 et 2, Cheikh des habous….

C'est pourquoi les français comprirent qu'il s'agissait d'une rencontre de l'encadrement, et ils lancèrent aussitôt une opération. J'étais alors aspirant et commissaire politique. La Wilaya III en cette période, était très vulnérabilité avec l'affaire de la Bleuite en 1958, qui installera une méfiance insoutenable dans les rangs des maquisards et entraînera la perte de nombreux cadres…

La mort d'Amirouche, principal organisateur de la Wilaya, sera encore un autre drame. A son départ pour Tunis, Si Amirouche avait laissé comme responsable à la tête de la Wilaya, le commandant Akli Mohand Oulhadj. Et les directives du Congrès de la Soummam indiquaient qu'en cas d'absence d'un cadre de la Révolution, celui qui le remplace doit être son adjoint direct, et c'était Mohand Oulhadj dans le cas d'Amirouche. Mais avec l'arrivée de Si Abderrahmane Ou-Mira, des frictions eurent lieu.

En plus d'un vide en encadrement, les maquisards souffraient de l'absence d'armement, de munitions, de nourriture... Arrive encore le cas d'un moudjahid, Si Allaoua, qui procéda, de son propre chef, à un rassemblement de maquisards pour lancer ce qui est appelé alors "Mouvement des officiers libres". Le drame s'accentuera avec la perte de prestigieux cadres durant l'opération Jumelles en juillet 1959, à l'image du capitaine Si Abdellah Moghni en août et Si Amar El Bass en septembre. Ils étaient de véritables piliers dans la Wilaya III. Alors à la réunion d'Iguer Bouirane, Nous avions chargé Si El Habachi d'aller voir Si Mohand Oulhadj.

Il prit un groupe de combattants parmi la section qui assurait la protection de la "réunion". Au retour de Si El Habachi à Fréha, le jour était levé, donc il ne pouvait traverser la zone, quasiment nue, pour nous rejoindre, sans être repéré. Il nous envoya deux de ses djounouds pour nous remettre une lettre signée de Mohand Oulhadj avec le cachet de la Wilaya III. Dans le document, il est fait un tour d'horizon de la Révolution, avant de signifier que chacun est responsable dans la zone où il lutte. Nous nous sommes donc réunis en débattant toute la nuit. Au petit matin, les militaires français montèrent leur opération.

Au début, on avait constaté que le nombre de soldats en mouvement ne dépassait pas une compagnie. Nos deux groupes de protection étaient, l'un à Adrar et l'autre à Iguer Bouirane. Aussitôt, un Sikorsky, hélicoptère à cabine en verre, commençait à survoler la zone d'Achruf Medjber près d'Adrar nat Kodéa. Les maquisards s'y trouvant, surpris, pénétrèrent dans la forêt adjacente. Ainsi, les militaires à bord de l'hélico les ayant repérés ont aussitôt lancé des grenades fumigènes autour du site les abritant. Le groupe de la petite forêt d'Iguer Bouirane quitte les lieux et nous nous retrouvâmes au hameau d'Imsissen. Le seul lieu de repli était la colline boisée de Tachivount.

Entre-temps, les militaires français avançaient de tous les côtés. Ils savaient qu'il y avait un "mouvement rebelle" dans la zone, mais ils ignoraient où nous étions exactement. En arrivant à cet endroit, une section de militaires s'est dirigée vers la crête se trouvant au-dessus du village Ichariouene, tout près, une autre rejoignit Tachivount, tandis que la 3e section allait rejoindre le lieudit Ouantadja. Le groupe où j'étais ne pouvait même pas voir la section qui passait derrière nous. Et le premier à tirer, ce fut Boudjema Ouvata, qui voyait un soldat face à lui.

C'est là que les maquisards se sont mis à tirer sur tout militaire à portée de fusil, sachant qu'il n'y a pas, devant l'impressionnant encerclement, la moindre issue pour éviter l'affrontement. La section que nous avions attaquée a été anéantie et nous avions récupéré beaucoup d'armes, dont une pièce, "la 30 Robust". La bataille avait commencé vers 10h30 pour durer jusqu'à 18h environ. Pendant ce temps, ni l'aviation ni l'artillerie lourde ne sont intervenues, car il y avait une imbrication entre les deux côtés, ALN et soldats français.

L'état major français ne pouvait user de cet armement, ne pouvant distinguer les cibles, d'autant que durant de longs moments, nous utilisions des armes automatiques récupérées sur l'ennemi. En fin d'après-midi, personne ne pouvait s'approcher des lieux, alors que nos compagnons étaient tous tombés, hormis les cinq blessés que nous étions. Ensuite, les militaires, pour avancer vers nous, ont ramené des civils comme bouclier.

Chaque soldat se couvrait derrière un homme ou une femme. Les cinq survivants, gravement blessés sont Si Ahmed Abdellaoui, Tahar Ibouchoukene, Arezki Taouint, Saïd Lounes Ouguenoun et moi-même. Avec Arezki, nous fûmes traînés, tous les deux, jusqu'ici (1)
(1 : lieu où est érigée la stèle portant 31 noms de martyrs à Tachivount).

En face, il y avait un muret en pierres sèches. Les chefs militaires firent leur bilan. Il y avait 30 soldats tués.

Après 18h environ, les tirs ont cessé et l'armée française commençait à prendre ses morts et ses blessés. La besogne durera jusqu'à 23h environ sous la lumière de fusées qui éclairaient toute la zone. Le lendemain, vers midi, on nous a pris par hélicoptère, moi et Arezki Taouint, puis l'hélico s'est encore posé instantanément et on a fait monter à bord les autres blessés, Tahar, Saïd et Si Ahmed. Ils nous ont pris au camp militaire de Lakul Oufella près d'Aghribs.

Là, on nous balançait, depuis l'hélico en équilibre au-dessus du sol à 2 ou 3 m, tels des sacs de pommes de terre. Les soldats se regroupaient autour de nous pour donner des coups de pied sur nos corps inertes, avant de nous enfermer dans une cave où la puanteur était insupportable. Au matin, on nous a ramenés encore, Arezki et moi, sur les lieux de la bataille où nous trouvâmes les corps, alignés, de nos compagnons tués. On nous demanda de les reconnaître. Puis dans l'après-midi, on m'a emmené, seul, à Tizi Ouzou, les autres ont été emmenés vers Azazga.

Nous restâmes ainsi jusqu'au jour où nous nous rencontrâmes tous à la prison de Tizi Ouzou. Les maquisards tombés, dont je me souviens, étaient l'aspirant Si

Abderrahamane Arros, Si Ali Ouahmed Oudaï, adjudant de compagnie, Rabah Abba, un autre adjudant qui venait juste de revenir de Tunis. Il y avait Boudjema Ouvata, Amar Ghezaz, Saïd Aboutit, Cheikh Ouali, Hand Oumechi, Saïd Tazaïert de Tifra, Medjiba Ahmed, un infirmier d'Aït Aïssi de Yakouren, Belaïd Ouakouak, Aït Ameur…

Parmi tous ces jeunes, hormis Si Ahmed et Si Tahar, qui avaient 30 ans ou plus, tous les autres en avaient moins. Certains d'entre eux étaient mariés, d'autres non.

Lors de notre jugement, un avocat nous a été affecté d'office. C'était un militaire appelé Lieutenant Bazoli.

Celui-ci dira alors au président du tribunal : "M. le président, tout ce que je regrette, c'est de ne pas avoir eu ces garçons de notre côté, voyez-vous, ils sont un groupe restreint, mais ils ont tenu tête à une armée régulière". Je ne connaissais pas à l'époque ce que signifiait "une armée régulière ou non régulière".

Si Mhand d'Imsissen était, le jour de la bataille, dans l'abri avec son frère Arezki. Cependant, je me souviens que cela avait duré trois jours. A la fin de l'opération, nous sommes venus vers 18h enterrer les corps. Il y avait 22 maquisards et 2 civils, Mouh Ou-Mouh Agoun et Saïd Ath Khodja.

Jedjiga G Yahia fin 59

Jedjiga était agent de liaison en lien direct avec Moh El haj, pour ravitaillement, cotisations et renseignements.

Un jour elle fut dénoncée, et s'est fait arrêter. C'était vers la fin 1959. Elle fut alors exilée à Kahra. Interdite de revenir à Guendoul, son village. Des membres de sa famille lui rendaient visite de temps à autre.

Abri vendu

Abderrahmane était parti tôt le matin pour rejoindre les maquisards à Tala Gourawen. Arrivé sur place, ils étaient déjà partis. Il revint alors à la maison pour se trouver une cachette jusqu'à la nuit suivante. Dans la famille, on pressentait la venue des soldats français, pour une perquisition. Sadia s'empressa alors de l'enfermer dans l'écurie, le cachant avec du foin.

Les soldats virent depuis Tamaright une femme en train de jeter des pierres sur l'abri où se trouvaient des maquisards, derrière le mausolée de Hend Agharbi, A l'intérieur de l'abri, se trouvait Mokrane Bouksil, Belkacem Ouacif, Rabah Moh Oussaid et Mhend Ou Slimane.

Mhend ou Slimane avait prévu de faire embuscade au lever du jour. Alors toute la caserne d'Azazga débarqua sur place.

Il dit alors à ses camarades,

- Je sais que je vais mourir, alors c'est inutile qu'on meure tous, vous mettrez tout sur mon dos. Dites que je vous y avais entrainés, et que vous ne saviez rien. Il brula alors tous les documents avant de sortir.

Les français firent venir Si El houcine pour prier son fils Belkacem de lever les mains et sortir. Rabah fut blessé aux jambes. Il ne resta plus que M'hend. Il se manifesta finalement. Il était en train d'essayer de désarmer un soldat à mains nues lorsqu'il reçut une balle derrière la nuque.

Des villageois parlaient et parlent encore d'un homme qui ne serait pas étranger à la promptitude des français à se pointer au village en si grand nombre. Mais l'existence d'éventuelles preuves n'est pas avérée, ni reconnue publiquement.

Moh Ourezki Ouyahia, fut terriblement torturé par les soldats, immédiatement après la mort de Mhend ou Slimane. Le nom de Moh Ourezki aurait été donné également par les mêmes sources.

Fatima Moh el Haj vit sa mère cacher des sardines dans l'écurie, en mettant du foin dessus. Seuls les maquisards avaient droit de manger les sardines. Si les soldats les surprenaient dans une maison, les habitants étaient coupables d'office de complicité avec les rebelles. Fatima profita de l'absence de sa mère, et suivit la trace et mangea les sardines. Il y eut un appel dans le village pour que toutes les femmes sortent. C'était toujours la consigne lorsqu'il y avait perquisition de l'armée française. Les femmes devaient sortir et se regrouper. Certaines mettaient de la boue ou carrément de la bouse sur le corps, pour éviter la bestialité des soldats. Une femme se retrouva seule un moment. Elle attrapa Fatima, et la pinça au bras pour qu'elle pleure assez fort, et aucun soldat ne trouva pertinent de l'embêter davantage. Zhor, une fille du quartier, n'eut pas eu cette chance. Elle dut subir une brutalité inouïe de la part des soldats.

Le corps du martyr, Mhend Ouslimane, fut ramené à takejout pour des funérailles très rapidement. Moh Amechtoh se chargea de son enterrement. Sa mère

Taadourt et sa fille Dahbia furent présentes également. Son épouse Tassadit Meziane était absente à l'enterrement. Le code protocolaire l'exigeât ainsi probablement. C'était la fin décembre 1959.

Moh Ourezki Ouyahia, déclara plus tard, « Si je savais qu'il allait se cacher dans cet abri, je l'aurais prévenu. Car je soupçonnais un peu qu'il était vendu ».

Wrida

Les soldats sont restés huit jours dans le village, ils ont brutalisé tous les villageois. Ils ont fait des ravages. Ils égorgèrent les moutons et les chèvres, qu'ils firent cuire dans des sceaux en métal et ont tout mangé.

Les trois maqisards qu'ils avaient enlevés de l'abri, y survécurent, ils furent emprisonnés puis libérés.

Depuis ce cauchemar, on ne croyait plus qu'on allait vivre un jour sans voir des soldats français.

Ainsi le maquisard se sacrifia pour sauver la vie de trois de ses camarades ainsi que les secrets d'organisation dans toute la région. Les documents auraient donné tous les noms des civils qui faisaient la liaison. Nous sommes en fin de l'année 1959 et l'opération Jumelles battait son plein.

«Aux nouvelles recrues de l'ALN, Krim Belkacem disait toujours qu'il leur est préférable de rester chez eux s'ils ne sont pas assez préparés pour supporter les exactions de l'ennemi contre leurs propres familles ».

Fatima

A la mort de Mhend ou Slimane, ma mémoire s'est relancée. L'évacuation était déjà bien entamée. Ils aidaient encore les gens avec un camion à transporter les bagages. Mais à sa mort, fin décembre 1959, ils donnèrent l'ultimatum. De deux jours encore. Et plus personne ne serait autorisé à y revenir.

Wrida

Ils nous ont évacués au village Alma bwaman et certains de ses habitants sont évacués à la caserne d'ath Moussa, d'autres son restés pour partager leur maison avec les nouveaux arrivants.

Lors de l'évacuation à Alma Buwaman, les soldats criaient : Alma baman, alma baman.

Alors na Malha marchait et déclamait quelques vers :

- Ata youssad el askar, ayekar ak nen vikwi
- Newkni nella dimjouhad, our n tsdou dou roumi
- La ilah a illa lah, yiwth el muth igats rebi

- Ata dart igherbiene, lazam tuga atefrou
- Adnawi laisser passer, n Tahar dakhel ou darnou
- Maji dezoukh a ra n zoukh, dikhamen nagh idnetshudu
- Tin idezran akhamis, tzured jedis, amzun tusad g veliou

Et les femmes répétaient en chœur. Na Malha nous racontait des histoires des plaisanteries et nous faisait rire. Ça nous soustrayait à notre angoisse notre tristesse.

Certains prirent une planche, un bout de tuile, ou autre objets comme souvenir de la maison quittée. C'était le début janvier 1960.

Fernan

« Un jour, je me trouvais en compagnie de Fernan abdelkader, le neveu de d'El Hanafi. Nous rentrâmes dans un bistrot, à Bonn. Et voila que deux militants de la fédération de France du FLN arrivèrent peu de temps après. Au comptoir, je demandai à celui qui se présentait comme habitant d'At Jennad »,

- Quelles sont les nouvelles du colonel Vriruch ?
- Il est bloqué à la frontière tunisienne. Il ne peut plus rentrer à l'intérieur.

« Fernan questionna à son tour l'habitant de Larbaa nat Irathen ».

- Quelles sont les nouvelles du colonel Amirouche ?
- Je brulerais sa tombe si je la trouvais.

« La réponse était doublement cinglante et surprenante. D'abord celle de la mort du colonel Amirouche, et l'estime que lui réservait un habitant de Larbaa. La famille de ce dernier semblait avoir subi les affres de l'affaire de la bleuite, qui entraina des centaines de victimes innocentes. Ouamrane les regratta et les qualifia de fautes ».

Le Colonel Amirouche avait également, en présence de son secrétaire Hamou, dans ces termes 'il arrive que le FLN commette des erreurs'.

Malha

Un jour on était à Kahra, et les soldats nous avaient arrêtées. On avait des baluchons portés sur la tête. J'entendais le hennissement de cheval derrière nous, et c'était Boussad el Hanafi. Malha cria,

- Ah c'est Boussad fils de Dahbia, elle est des notre. Au moins tu vas nous protéger. Dahbia n-Mhend Sadi.
- Tu me connais Boussad des vôtres ? Moi ? lui-répondit-il.

Il m'a carrément insultée. Il nous a jetées à terre, puis il est reparti. Il n'était pas content qu'on ait dit qu'on le connaissait. Alors on a passé la nuit à la prison de kahra.

Un jour Arezki Mohand Namar fils d'el baz et Moh Ouajmoud sont tués dans un accrochage avec les soldats français. Des femmes ont transportés les cadavres jusqu'au village Ath Moussa pour les enterrer. Les soldats rentrés dans le village, ils ont failli nous tuer tous.

Après l'évacuation, nous étions comme dans un piège, très exposés à la caserne Ath Moussa. Environs 7 ou 8 hommes du village Igherbiene trouvèrent la mort à Alma Bwaman. Moh Oufellah et Moh Lhaj furent blessés la bas aussi. Amirouche ou-Kouvaa c'est là bas aussi qu'il fut tué.

A Alma Bwaman nous subissions beaucoup de brutalité de la part des soldats français. Alors nous décidâmes de nous exiler de nouveau. Chacun à son tour récupérait un laissez-passer, emportait ses affaires et s'en allait.

Sadia

A mon arrivée à Alma bwaman, je continuais de ravitailler les résistants. Nous posions des sacs de pain Tassadit n-Zi Mhend et moi. Il y avait un abri, on allait y laisser des sacs de pain, et on mettait un bout de bois, debout, ainsi les maquisards le voyaient. A la fois ils savaient qu'il y avait le ravitaillement pour qu'ils viennent le chercher, et qu'il n'y avait pas alerte ratissage ou perquisition. Si le bout de bois n'était pas vertical, ils ne devaient pas s'approcher.

Finalement il y avait des harkis dans le village et on ne le savait pas.

Fatima

Nous étions à Alma Bwaman. On m'envoya une fois chez mon oncle Amokrane, il y avait des pommes sur la table. A cette époque, quand il y en avait, c'était tout le monde qui le savait. Personne ne m'invita à en manger. Je suis sortie et durant toute une semaine, j'en étais malade. Je faisais des cauchemars. Je ne voyais que ces pommes jour et nuit.

Nous avions pour habitude d'aller chercher du pain à souk el had, pendant trois jours, ma mère était malade, et son corps était terriblement gonflé. Elle avait du mal à se déplacer. Zahra, se rendit alors à souk el had, pour chercher le pain à sa place. Les goumiers en faisaient la distribution, et exigèrent que sa mère vienne en personne, et à trois reprises, Zahra revenait les mains vides.

Seule Tassadit namar pensa à nous, et exigea que son pain ne rentrât pas à la maison avant que notre part nous soit remise. Ma mère mouillait le pain pour lui donner un volume.

Ma mère avait l'habitude de porter la nourriture chez les Mhend ou Slimane. Na Taadourt, nous le partageait. C'était là que j'ai connu Dahbia n Mhend.

Moh Ourezki

Moh ourezki n-Said Ouali, a gagné des deux côtés. Il s'est fait aider pour s'évader de la caserne d'Ath Moussa, par Moh elhaj et Si rabah et un complice qui faisait la sentinelle, la nuit. Moh el haj avouera, que sa femme était d'un surpoids, tel que ça avait été un calvaire de la faire passer par-dessus le mur de la caserne, tant elle était loin de la faim et la misère du village. Moh Ourezki emporta avec lui des armes et munitions pour le compte de l'ALN.

A leur arrivée au poste, Moh Ourezki écrit une lettre à son supérieur de la caserne, comme quoi il s'était fait kidnapper. Ainsi les soldats quand ils venaient chercher après lui, ils restaient bienveillants envers ses proches.

« Il fut repris par l'ALN, mais loin du maquis. Il fut astreint à la couture à Tala t-Gana chez son oncle Amessis, pour le compte de l'ALN. Ça lui a permis de laver son honneur ».

Wrida

A chaque fois qu'on entendait « aujourd'hui les soldats vont perquisitionner et encercler le village, ils vont vous exterminer » on prenait la fuite si on pouvait. Parfois on fuyait à Iajmad, d'autres fois à Mira, et combien de fois aussi on se dirigeait à Taouint, et les maquisards nous disaient, « retournez dans votre village, ici également ce sont des soldats français, pareil ici que la bas ». Là où l'on tentait de s'exilait, on nous refoulait.

Certains sont exilés à Nezla, d'autre à Taboukirt. D'autres encore sont partis vers Ath Si Ali. A notre tour nous sommes exilés à Nezla. Nous étions tout un groupe ; la famille d'Amar ou-Mhidine, Vava Ali, Moh ou Rezki ou-Yahia, Na Fatima Namar et ses enfants, kheloudja et moi. C'est à Nezla que nous sommes restés jusqu'à la fin des 7 années de guerre.

Après l'opération Jumelles, la Kabylie était réduite à 4000 hommes mobilisés. L'ordre fut donné de se terrer. Un bataillon partit opérer dans les Aurès. Moh Oufellah était de ceux là. Le reste se dispersa. Certains repartirent travailler dans les grandes villes, y compris Tizi Ouzou. Belkacem Ouacif entre autres reprit le travail dans un Hammam à l'ouest Algérien. D'autres purent trouver des cachettes dans les villages. La plupart durent cacher leurs armes, qui de toute façon n'auraient pas servi dans l'immédiat. Les chefs de l'extérieur, les appelaient à cesser d'affronter un ennemi, de loin supérieur matériellement ».

Réorganisation

Cependant le plan Challe devra faire face à la stratégie d'adaptation des unités de l'ALN, comme dans la wilaya III en

Kabylie, sous le commandement Mohand Oulhadj.

Le commandement de la Wilaya III réagit immédiatement et répartit les grandes unités en petits groupes commandos affectés dans les secteurs et limite les regroupements à quatre ou cinq pour éviter les combats et les poursuites à vue quotidiennes. Il enrôle tous les civils résistants pour les soustraire à l'armée française dans les villages et les remplace par des femmes qui passent inaperçues pour jouer ce rôle.

Par ailleurs, le commandement de wilaya donne ordre d'infiltrer les groupes d'autodéfense par des militants de l'organisation FLN pour faciliter le contact. Toutes ces dispositions prises se soldent très vite par l'enlèvement de plus de 20 postes avancés par les commandos de l'ALN, d'où la récupération de lots d'armes et de munitions très importants qui soulagent quelque peu les maquisards au niveau de la wilaya.

Les pourparlers secrets menés de mars à juin 1960 avec le gouvernement français par Si Salah, chef de la wilaya IV, concrétisent cette crainte et semblent justifier la confiance du général Challe dans une prochaine victoire militaire, mais l'indécision demeure au niveau politique.

Cependant, l'ALN se réorganise en petits groupes et reconstitue des réseaux dans les régions pacifiées avant la fin des années 1960. Le plan Challe, souvent présenté aux yeux de l'opinion française comme une victoire, ne présente qu'un bilan mitigé car même s'il a bouleversé l'organisation des wilayas et sérieusement diminué dans un premier temps leur capacité, l'ALN finit par se réorganiser vers la fin de l'opération ce qui forcera l'armée française à revenir dans des régions normalement déjà pacifiées. À cela, il faut ajouter que beaucoup de pertes présentées comme celles faites à l'ALN sont en fait des victimes d'exactions dans la population civile. L'objectif de réduire la résistance à néant reste donc un échec et le maintien et le renouvellement des capacités de l'ALN sur le territoire algérien donne sur le plan politique un poids au GPRA.

Sadia

Mhemed Mohand Wamar avait déjà demandé ma main auparavant. Accepté par mes parents.

Un soir, le fils de notre voisine à Alma Bwaman, un maquisard, rentra au village en compagnie de Mhemed. Nous nous fiançâmes Mhemed et Moi et nous fixâmes le jour de mariage.

Au milieu de la nuit, des soldats français sont arrivés pour perquisitionner, et finirent dans un accrochage avec les deux maquisards. On déplora alors la mort de notre voisin. Mhemed avait réussi à s'échapper.

Le jour convenu du mariage, Il y eut ratissage de l'armée, alors la date de mariage fut reportée à une date ultérieure.

Ma mère continuait à faire le pâturage. Près de 15 jours après ce ratissage, survint le décès de ma mère. Elle avait demandé à être enterrée à Igherbiene. Mais c'était un couvre feu. L'année 1961 tirait à sa fin.

Trois mois après le décès de ma mère, une date de mariage fut fixée de nouveau.

Zahra moh elhaj se rappelle de Mhemed mohand Namar. Un homme très beau et très poli.

Titem

Fatima Moh-El-haj se souvient vaguement de La-Titem. 'Quelqu'un à la maison m'envoya chez elle chercher un ustensile. Elle était assise avec d'autres femmes, vêtue d'une robe bleue. Elle était très propre, d'une taille moyenne, plutôt petite. Un visage carré, légèrement rondelet par les joues non creuses. Elle avait le même nez que Hamid. Teint très clair, comme Na Sadia. Son décès survint quelques semaines plus tard'. C'était vers la fin 1961.

A son décès, Sadia et Dahbia N M'hend se dépêchèrent à Ath moussa pour aller chercher un permis d'enterrement auprès de la caserne, juste avant la tombée de la nuit et le début du couvre feu. Nous étions encore au village Alma Bwaman.

Wrida

A Alma bwaman, La-Titem a attrapé rapidement une maladie, et mourut peu de temps après. Les gens n'ont pas fait trop attention, ils pensaient qu'elle avait seulement mal à la tête. Sadia lui ramenait des herbes, tahmamt ou madagh. Personne n'imaginait qu'elle mourrait. Elle fut enterrée à ami el-mouhoub. Nous sommes toutes allées à son enterrement.

Elle est morte, puis la fille de Lancez la suivit de peu, puis c'était au tour d'Ouidel, il fut enterré à Tighilt Ouamar. Le dernier mort d'igherbiene à Alma Bwaman c'était Said Moh ourravie, et puis c'était le Cessez-le-feu. Ce dernier, ils l'ont ramené, couvert même d'un drapeau. Lors des funerailles de La-Titem tebsekrit, il y avait mohand arezki, Hemd Ouidel et Si-Touali, deux hommes d'alma bwaman, et des femmes.

Sadia

Près de 8 jours après la mort de ma mère, Zi Ahmed est arrivé à la maison. Il n'avait pas eu la nouvelle avant son arrivée. Mais il avait fait un rêve, alors il est venu.

Dahbia s'est plainte auprès de Zi Ahmed, mais pas en ma présence.

- Ta sœur est revenue à la maison, mais elle recommence son activisme avec les maquisards. Elle va se faire attraper. Je te préviens.

Il est venu me voir.

- Dahbia n'a pas de haine envers toi, mais elle est usée des perquisitions des français. Comme toutes les autres. Ce n'est plus à toi de ravitailler les maquisards. Vous êtes trop jeunes toi et Tassadit. Personne ne peut vous sauver.
- Tu as raison. Répondis-je.
- Tu promets de jurer de ne plus recommencer ? demanda-t-il
- Je ne vais pas jurer, mais je ne vais plus ravitailler ni surveiller pour les maquisards, promis-je.

Je voulais seulement le rassurer. Zi ahmed envoya une lettre à mes oncles maternels, les Abdellaoui, leur disant,

- Je voudrais ramener ma sœur chez vous, car ici, j'ai peur pour elle.
- On ne peut pas, on est à l'étroit ici, lui répondirent mes oncles.

Il l'a demandé aussi à na Fatima :

- « je ne peux pas, j'ai peur de m'attirer des ennuis à cause d'elle ». lui-répondit-elle.

Depuis, Zi Ahmed les détestait tous et les Abdellaoui et les autres. Il était fâché de cette situation, mon père l'était aussi. Zi ahmed retourna ensuite à son travail à Mostaganem.

Nous ne mîmes pas beaucoup de temps avant de retourner à nos activités pour aider les maquisards, Tassadit et et moi.

Moh El Haj

Moh El Haj rendit visite aux siens, installés à Alma Bwaman voila un an et demi. Il dit,

- Ma pomme est déjà mure. La guerre va se terminer. Il y aura l'indépendance. Mais la guerre qui viendra sera aussi cruelle sinon plus. Il y aura des arabes qui prendront le pouvoir avec des traitres dechez nous, peut être durant 50 ans ou plus, et le pouvoir reviendra un jour aux kabyles.

Il demanda à sa femme d'acheter des chaussures pour son fils Abdella chez Akli Hocine, du village Ath Moussa. Il lui recommanda de veiller à ce que les filles fassent des études, lui signifiant qu'elle ne devrait pas compter sur les deux garçons ainés. Il ajouta,

- à l'indépendance, si quelqu'un du village émigre à Alger, tu seras la deuxième.

Sa femme et ses enfants le revoyaient pour la dernière fois. C'était vers le début janvier 1962.

Taboudoucht

Bernard a fait son service militaire au début des années 1960. Entre 1959 et 1962, Aimée et Bernard se sont aimés et se sont écrits près de quatre-vingts lettres, qu'ils s'apprêtaient à avoir un enfant au début de l'année 1962 et qu'ils formaient ce que l'on nommerait aujourd'hui un couple mixte, puisque Bernard était blanc tandis qu'Aimée était noire.

Au moment où il l'entame, le service militaire de Bernard est censé durer 28 mois, à cause de la guerre qui fait rage en Algérie.
Après quatre mois de «classes » durant lesquelles il a appris quelques rudiments de la condition de soldat, Bernard débarque en Algérie en janvier 1962. Peu après, il est muté sur un piton kabyle.

Les premières semaines, les lettres qu'ils s'échangent avec Aimée sont remplies de calculs par l'intermédiaire desquels ils essaient de maîtriser le coût de cette séparation dont il est si difficile d'envisager la fin, L'un comme l'autre apprend également le fonctionnement de la Poste aux armées, des secteurs postaux, de ce que l'on peut mettre ou non dans les colis, des horaires des levées, des jours de distribution du courrier.

L'armée et la séparation qu'elle impose nécessitent un apprentissage sur le tas.

En métropole, les informations sur l'Algérie sont nombreuses et Aimée essaie de s'imaginer quelle peut être la vie quotidienne de son soldat de mari :
Ville ou campagne, ratissages, embuscades, les proches deviennent les intimes d'une guerre qu'ils vivent à distance et qui pourtant ne fera que se rapprocher,
En témoigne l'escalade d'attentats qui frappe Paris entre 1961 et 1962.

Taboudoucht, samedi, le 27 janvier 1962.
Aimée,
Ma biche, j'ai reçu ta lettre il y a deux jours, celle du 20 janvier en rentrant d'opération. Je t'avais dans ma dernière lettre annoncé que je t'écrirai. Je n'en ai pas eu le temps...
Aimée, c'était étrange cette situation de la sentinelle seul dans la nuit : il y a autour d'elle ce paysage hostile d'où peut à tout moment surgir la douleur, il y a ces cris déchirant de bêtes, ces murmures, ces frémissements, et puis tout à coup le

songe qui s'empare de l'esprit malgré l'être tout entier sur ses gardes, le songe qui submerge l'esprit hallucinant de présence, a telle point que lorsque la relève arrive, fantomatique dans l'ombre, on s'étonne, comme un regret, que la faction soit terminée. J'en ai passé de ces nuits où, à tes côtés, le temps s'écoulait comme le sable fin entre les doigts de la main, tiède et doux, dorée, immémoriale. On me prévient qu'une lettre de toi vient d'arriver avec un colis.

Je vais aller le chercher. Tu vois, je te parlais, et voici que ça arrive, et ça ne m'étonnerais guère qu'un jour je puisse voir mon Aimée, sauter en parachute de la carlingue du petit avion. J'y vais que dis-je ? J'y cours ! [...]

Entre la mi-janvier et la mi-février, Bernard est affecté au piton de Taboudoucht-Nador, en Kabylie.
À le lire, les conditions de vie sont déplorables, comme c'est le cas dans tous les bâtiments militaires où il loge en Algérie.
L'ennemi principal, ce sont les bestioles qui peuplent les lits, qui démangent sans

discontinuer et qu'il faut éliminer à grand renfort de produits que les appelés se font envoyer de métropole par leurs proches.
Lorsqu'il arrive sur ce piton, Bernard découvre l'hiver rigoureux des montagnes kabyles, l'absence d'eau courante, la discipline qui continue à s'exercer, sans faille, mais aussi les ratissages dans les forêts de chênes verts qui entourent le poste.

C'est le premier jour du Ramadan de février 1962. A Alma Bwaman, le soleil se couche. Wardia était assise en train de discuter avec sa fille Zahra et autres habitants de la maison Ahdayri qui les accueillait depuis l'évacuation. Soudainemment, secouée d'un violent frisson, elle sursauta. Elle est debout, stressée, elle commença à se demander à haute voix ;
- Serait-ce mes deux enfants Larbi et Belkacem émigrés à Oran qui auraient des ennuis ?

Un harki de la région Souamaa balança auprès des français un sous lieutenant qui passe dans le coin très souvent.

Moh Lhaj pris dans une embuscade tendue par des soldats français. Ils étaient en haut des arbres. Face à lui le soleil qui se couchait. Il ne pouvait pas voir. Une femme qui faisait le paturage voulait l'avertir de l'arrivée des soldats, et lui recommandait de fuir.

- Si à chaque fois qu'on voit des soldats on prend la fuite, nous ne serons jamais libres un jour. lui répondit-il.

Il y eut un accrochage, il reçut une balle sur la tête. Deux de ses compagnons y survécurent.

C'était le 1er jour de Ramadan, soit le 5 février 1962. Les français célébrèrent sa mort dans la soirée, en exposant son corps dans le village.

Des maquisards le récupérèrent et le transportèrent jusqu'à Ath Zellal depuis Souama. Il fut enterré avec son compagnon derrière le Dôme de cheikh Amokrane.

« J'ai vu l'endroit où Zi Moh-Lhaj était tué. C'était près d'une sorte de grillage. C'était pourtant une zone interdite d'accès par l'ALN ».

Sadia

Un jour Slimane est revenu d'Oran, où il travaillait. J'étais avec Tassadit et trois maquisards au poste de liaison. Un soir, je parlais avec Amar ou Saa. Nous voulions les avertir qu'il va y avoir un ratissage,

- Ne rentrez pas, on va vous ramener le ravitaillement nous-mêmes.

On a d'abord vu un chien, puis les soldats sont arrivés. Slimane et Fatima était dehors pour aller dormir, ils se firent arrêter par les soldats qui venaient de pénétrer dans le village Alma Bwaman. Les maquisards n'étaient que trois, encore invisible pour les français. Ils tirèrent sur les soldats français. Ces derniers firent couchez-vous. Slimane profita de fuir et de rentrer à la maison avec Fatima. Mais les soldats français connaissaient Fatima. Ils s'en rappelleraient. Tassadit et moi, fûmes également rentrées à la maison mais plus discrètement. En fuyant, ils n'arrêtaient pas de tirer dans notre direction. Mais j'avais de la chance, je n'ai pas été touchée.

Je voulais alors m'assurer qu'ils n'avaient pas tué Slimane. On a passé la nuit à la maison. Le lendemain matin, Slimane se réveilla très tôt, et repartit pour son travail à Oran.

Les français revinrent pour perquisitionner, retrouvèrent Fatima, l'arrêtèrent et commencèrent à la questionner.

Alors je m'adressai à Boujemaa Moh Meziane,

- Ce qu'elle a vu, c'est ce que nous avons tous vu. Si vous l'emmenez en prison, alors emmenez nous tous en prison.
- Elle, on va l'emmener au poste, pour être interrogée par la SAS. me répondit-il.
- De toute façon toi, il viendra un jour où tu rendras compte. Tu seras jugé pour tes actes ». lui-répondis-je.
- Courage, tiens à ta religion, garde la foi. Lançai-je à Fatima,

Ils sont partis, je pensais qu'ils étaient tous très loin. Finalement il y avait quelques-uns qui tenaient la garde. Je pris une pierre, la jetai sur un des soldats, et il cria « maman accident » ils se retournèrent tous et tirèrent des coups de sommation, ils firent alors tous revenir ceux qui allaient rentrer dans la caserne. J'éclatais de rire et Fatima Namar avait vu toute la scène.

Rabah n-boukjir était encore un petit garçon, il était en train de jouer aux billes, quand il me lança,

- Tu ris en plus, tu vas voir ce qui va t'arriver,

Quand il me dit ça je me suis ressaisie. J'étais encore contente de mon geste, mais très surprise et je commençais vite à m'en soucier sans comprendre.

Les soldats arrivèrent et me demandèrent

- C'est toi » ?
- Mais, Khali boujemaa, tu m'as bien vu que ce n'était pas moi ?

Ils se mirent alors à frapper les femmes avec les crosses, Zineb, Dahibia et Tassadit,

Ils ne daignèrent pas me toucher, ils voyaient bien que j'étais souriante. Ils firent l'arrestation de notre voisin, Meziane Hend ou Lhaj et Fatima Namar.

A peine ils avaient quitté que les femmes brutalisées se rabattaient déjà sur moi, et commencèrent à se plaindre. J'écoutais mais elles ne me voyaient pas.

- Comment on va faire maintenant avec Sadia ?
- Les soldats nous emmènent en prison rien qu'à cause d'elle, on est frappé à cause d'elle,
- Va-t-on la balancer ?

Alors j'ai commencé à pleurer. Je réalisais que je n'avais plus personne pour me défendre, ma mère était déjà morte, les épouses de mes frères ne me soutenaient plus car elles étaient brutalisées à cause de moi. Je pensais qu'elles avaient raison, alors je pleurais.

Na Fatima G-yehia, m'emmena chez elle, me consola et me prépara du café et à manger, même si je n'avais plus envie d'avaler quoi que ce soit.

Je suis retournée jusque là où j'avais frappé un soldat avec une pierre, les femmes y étaient encore, toujours en train de discuter, et notre voisine déclara ;

- Ne vous mettez pas en colère, elle finira par se faire arrêter et jeter en prison.

Elle ajouta ;

- ils vont finir par la tuer. Car ils soldats arabes qui étaient de garde l'ont vue, près de cette maison, au coin. Elle disait vrai sur ce point.

Finalement cette femme, Wardia n-Saïd, était de mèche avec les soldats. Boujemaa n-Moh Meziane nous l'avoua plus tard.

- Ils vont encore perquisitionner à cause d'elle, ils vont l'emmener et la tuer. renchérit-elle.

Elle ne me voyait quand elle assenait toutes ces promesses. Alors je lui lançai :

- Ni les soldats arabes ne m'ont vu, ni les français. Si tu veux me balancer toi-même, moi je vais mourir résistante, avec honneur, et quant à toi, tu seras emmenée par les maquisards, et tu mourras avec des goumiers, voila ce qui va t'arriver.

Et Wardia ne Saïd fut choquée, son visage devint blême, et Yema tamghart se plaignit ;

- Tekhlayagh sadia, les filles de Mhend ou Slimane sont tabassée à cause d'elle, alors qu'elle n'a même pas été touchée.

Dahbia n-Mhend, me lança,

- Sadia, tiqinet iaddan adarnoudh tayed.

Le soir, des maquisards étaient venus et je profitai de leur raconter.

- « là, les soldats vont perquisitionner, et elles vont me vendre »,

Un certain Amar ou Ssaa, qui vécut longtemps après l'indépendance, les regarda puis se tourna vers moi :

- On va te donner des grenades, tu attaqueras les soldats avec, et qu'ils exterminent toutes ces chavchaq
- *Saha ya rebi, nkini fkigh Mhend d Mohend, tifagh Sadia*, lui lança au visage Yema Tamghart, toute insurgée.

Les maquisards, gênés et honteux d'avoir fait cet écart de langage, ils s'excusèrent aussitôt, et repartirent.

Le lendemain les soldats revinrent perquisitionner, et moi j'étais partie, je ne suis pas restée dans ce quartier. J'étais partie dans un autre quartier où j'aidais à la presse des olives avec une certaine Tacharfiwt et Tislit Tarezqit. Les soldats me recherchaient. Ils semblaient bien m'avoir vu quand j'avais jeté la pierre. Ils sont arrivés devant nous, et me prirent à part, il y avait un soldat Kabyle, un autre sergent, et celui que j'avais frappé, et le kabyle m'avertit en mettant sa main sur son œil, me disant discrètement « ne te laisse pas faire avouer », et me traduit :

- Ce soldat t'accuse de l'avoir frappé avec une pierre, et il dit aussi, que si tu avais un fusil, tu serais fellaga, tu nous tuerais tous. Alors on va t'emmener à la caserne, et on va tirer sur toi comme ça …
- Khali boujemaa, tu devrais témoigner ! tu m'as vue, lorsque ce soldat a reçu une pierre, je n'étais pas là, j'étais devant vous, je n'ai pas frappé et je n'ai pas vu ». répondis-je.

J'étais sauvée pour cette affaire. J'étais devenue tête brulée.

La caserne de Nador avait une annexe à Taboudoucht. Des soldats Kabyles d'une autre région mobilisés dans l'armée française, venaient souvent acheter des œufs chez deux filles commerçantes à Houbelli. Tassadit Namar et Zhor ou-Chibane, de houbelli toutes les deux.

Les dits-soldats Kabyles saluaient régulièrement les deux filles, leur serraient la main, et échangeaient des formules de politesse, « bonjour, ça va, comment allez-vous ? » Ils commencèrent à trouver des affinités. Zhor composa un poème sur l'un d'entre eux.

Tassadit avait un frère maquisard, au nom d'Arezki ou-pacha. Celui là, connaissait tous mes secrets lors de ma vie de fugitive.

Ces soldats firent confidence aux deux filles que s'ils trouvaient un moyen, ils rejoindraient les maquisards. Tassadit transmit le message à son frère, qui en fit part à ses supérieurs. Les maquisards répondirent qu'ils leur donnaient une condition. Que les soldats kabyles leur fixent une date et qu'ils assurent eux-mêmes la sentinelle. Les trois soldats acceptèrent.

Le moment venu, au milieu de la nuit, l'un tenait la garde à la guerite, l'autre surveillait la barrière et le troisième faisait des rondes.

Les soldats français étaient endormis tranquillement. Les maquisards rentrèrent discrètement, égorgèrent les soldats presque tous à la fois, sur le lit. Il n y eut aucun coup de feu, ni prisonnier ni rescapé. Ils prirent toutes les armes.

Le lendemain matin à la caserne de Nador, tout le monde s'étonnait de ne pas voir le drapeau de Taboudoucht levé. Ils ne voyaient pas de mouvement. Ils appelèrent au téléphone et personne ne répondait. Ils descendirent alors, et trouvèrent tous les soldats dans un bain de sang. Toutes les armes étaient prises.

Les maquisards s'attendaient à ce qu'ils bombardent tout le village de Taboudoucht et les environs, finalement ils ne touchèrent pas les villageois. Ils récupérèrent les cadavres avec un hélicoptère et mirent le feu aux matelas et dans toute la caserne, qu'ils laissèrent bruler en quittant. Et ils commencèrent un large ratissage dans toute la forêt de Houbelli jusqu'à Ighil Nath Jennad.

Ils eurent un accrochage avec un groupe de maquisards, dans la forêt d'Aberane. Les 11 maquisards furent tous tués. Parmi les martyrs il y avait huit marocains qui avaient déserté l'armée récemment pour rejoindre la résistance. Les trois autres étaient des kabyles de la région, dont mon fiancé Mhemend n-

Mohand Wamar qui tentait de rentrer à Alma bwaman. C'était le jour convenu de notre mariage. Akli n-cheikh Salah enjamba les 8 cadavres des maquisards marocains, pour soulever le corps de Mhemed n Mohand Wamar. Il déclara plus tard qu'il avait peut être gâché son bilan comme résistant, pour avoir fait cette discrimination. C'était vers la fin février de l'année 1962.

Mars 1962

Après le cessez-le feu, il y a eu baisse de tension et de sévérité, le couvre-feu était moins restreignant, les mouvements devenaient plus libres. Les femmes d'Igherbiene pouvaient de nouveau se déplacer, et aller à Houbelli, Imsounène,... Jedjiga G-yahia retourna de de son exil auprès des siens, peu après le 19 mars 1962.

Dahbia Nali et Dahbia n-Mhend se rendirent à Houbelli, pour rendre visite à

Zahra. Elles discutaient et Zahra demanda,

- Comment va ma mère ?
- Elle va bien, juste un peu fatiguée, répondit Dahbia Nali, qui change aussi tôt de sujet.

Mais Zahra, remarqua les yeux larmoyants des deux invitées, qu'elles avaient peine à dissimuler. Zahra revint à la charge et encaisse le choc

- Elle est décédée, n'est ce pas ?

Dahbia acquiesce timidement des yeux. Et les trois femmes ne cachaient plus les larmes.

Fatima

Quelques jours après le 5 juillet 1962, en remontant d'Alma Bwaman, je tombe sur un étalage de tuile, et je prends une tuile rouge, neuve. Je la serrais dans mes bras, on marchait un bon moment, et Zahra me voit, et demande

- Où as-tu pris ça ?
- Je l'ai trouvée là-bas, nous aussi il faut qu'on fasse la toiture.
- Tu vas tout de suite la rendre où tu l'avais prise, m'enjoint-elle.
- Et nous, comment on a refaire le toit ?
- Nous aussi il viendra notre tour, ils nous ramèneront les tuiles.

Je voulais garder cette tuile. Elle était magnifique.

Zi-Moh ou Abderrahmane nous envoie un mandat, de 35 dinars, il dit « ça c'est pour les Moh el Haj ».

Zerouali et Mazouzi

« Après près de 17 ans de prison, Zerouali et Mazouzi furent libérés. Ils s'installèrent à Paris. Ils avaient toujours la fibre messaliste, en plus de leur déception de voir la trahison dont a fait l'objet la révolution de la part de l'armée des frontières ».

« Un jour Messali devait faire une réunion publique à Paris. Zi-Mohand en était informé, il se rendit alors sur les lieux, alors qu'il devrait être au travail. Il écouta le discours de Messali, et à la fin il revit ses anciens camarades de lutte, Zarouali et Mazouzi. Ils discutèrent un moment, puis ils proposèrent à Zi Mohand de reprendre le combat. 'Nous te laisserons le 21ème arrondissement de Paris sous ta responsabilité' lui soumirent-ils ».

« Au cours de la conversation avec Zi-Mohand, Mazouzi lâcha cette phrase qui résumait bien son sentiment de désolation qu'était le processus juste avant et juste après l'indépendance ».

« Nruh anekes tavarda, aranaghid achwari »

« *On a essayé d'enlever la selle, et ils nous ont remis un bât* ».

« Zi-Mohand déclina courtoisement la mission dont il fut honoré, et expliqua qu'il était seulement venu les voir, prendre de leurs nouvelles, et pour se rappeler le bon vieux temps. Mais qu'il n'avait plus l'esprit au militantisme de cette nature. La guerre pour lui était finie ».

« A l'indépendance, Messali avait beaucoup de difficulté à obtenir la nationalité Algérienne. Les deux anciens maquisards, Zerouali et Mazouzi, jouaient encore l'intermédiaire auprès de l'administration d'Abderrahmane Farès, installée à Rocher noir en 1962. Ils réussirent à lui obtenir les papiers. Mais les deux militants finirent par rompre les liens avec la nouvelle direction sous Ben Bella. Ils ne pouvaient plus intervenir en faveur de la régularisation de Messali ».

« La Fille de Messali, qui n'avait qu'un passeport marocain, tout comme son père, demanda à Saad Dahlab d'intervenir auprès de l'ambassade d'Algérie au Maroc pour obtenir la nationalité. Dahlab leur promit une réponse hâtive et positive. Il n'y donna plus de nouvelle. Messali et sa fille comprirent alors que le régime Ben Bella avait refusé la nationalité et ne pourrait plus espérer la réhabilitation de Messali Haj ».

« Le Beau-père de Said Ouchelaoud, mobilisé à Melouza, n'avait plus rien l'indépendance, ni resté messaliste, ni reconnu comme résistant. Il n'avait plus de carte. Mais il pouvait vivre sans être inquiété ».

« Ouanouch ne fut pas touché par les représailles. Les maquisards ne l'inquiétèrent pas, mais ils refusèrent de lui signer les papiers d'un moujahid. Il finit par quitter le territoire, pour aller vivre en France, sans avoir subi de pression. Il était connu pour être un Caïd bienveillant ».

Fatima

A l'indépendance, les évacués remontaient au fur à mesure pour reconstruire leurs maisons. Ils faisaient ça à tour de rôle. A chaque fois qu'une maison est finie, grâce à l'entraide Tiwizi, ils inauguraient la maison avec une fête rituelle, ils mangeaient ce qu'il y avait, et ils chantaient.

D'autres étaient occupés à fracturer les portes, à Alger, pour s'accaparer des appartements et des maisons.

Wardia attendait pendant près d'un mois après l'indépendance, à chercher les nouvelles de son mari. Ils durent se faire des idées, il se serait marié, il serait parti en Tunisie pendant la guerre. Moh Belkacem se présenta un jour, auprès de Wardia, elle était encore à Alma Bwaman, et lui annonça que son mari était tué au combat, et lui indiqua l'endroit.

Il y eut des larmes un moment. Puis très vite, Fatima accourut voir Fatima N Mhend ou-Slimane. Elle était à chez elle, elle la fit sortir et lui annonça

- Il n'y a pas que toi, mon père aussi est tombé martyr.

Fatima était fière enfin d'avoir un père tué au combat. Elle était désormais comme les autres.

Peu de temps après, ils partirent pour Souamaa pour voir sa tombe et l'endroit ou il est tombé.

Sadia

A la fin de la guerre, on est revenu d'Alma à Igherbiene, mon père et moi. On a créé le moyen de vivre, on a remis la toiture. Le grand séjour était détruit par l'armée française. Tahar l'avait ciblé, leur disant, c'est celle là le salon où vivaient les vieux, alors il faut le casser entièrement. Alors ils ont détruit toute la toiture.

Nous sommes venus, mon père et moi remettre la toiture, cela nous a pris quelques jours, puis on n'a déménagé d'Alma. Et on s'est débrouillé pour pouvoir s'installer. Le village était bombardé avec du napalm pour que tout soit brulé. Certaines maisons sont cramées, tout comme beaucoup d'arbres, les oliviers notamment. Les cimetières sont brulés également. D'autres maisons étaient sauvées.

1962.

Zi Mohand était de retour de Paris, à l'indépendance. Il apprit les évènements sur l'exil alors déclara, « Dieu merci ! Vous avez Sadia, grâce à elle, vous êtes tous devenus des résistants. Tout le village est devenu résistant à cause d'elle ».

Wrida

Nous sommes ensuite revenus à Igherbiene, nous ne marchions que sur les tuiles rouges, ils n'ont pas laissé de tuile sur les toits, les maisons sont détruites.

Les français durent ramener des prisonniers pour accomplir la besogne. Ils exigèrent que pas une baraque à poules ne fut sauvée. A notre retour, le village était inaccessible tellement il y avait des débris de tuiles et des mauvaises herbes poussaient sur tous les chemins. Nous sommes revenus au printemps. Les gens trouvèrent leurs affaires, les meubles, les ikufan, tous étaient cassés. Pour reconquérir un mètre d'espace dans une maison, il fallait travailler du matin au soir. Nous nous sommes débrouillés pour reconstituer des toitures avec de la végétation et nous logeâmes ainsi jusqu'à l'automne suivant.

Certains ont pu réfectionner la moitié de la maison, d'autres ont posé des panneaux en liège.

D'autres en ont reçu de la part de l'état des tuiles, d'autres non. L'état a distribué d'abord pour les veuves de Martyrs, leur donnant la consigne,

- Des que vous avez terminé, les tuiles restant non utilisées, il faudra les donner à d'autres nécessiteux.

Mais les gens, des qu'ils avaient fini de reconstruire leur toiture, ils cachaient les tuiles restant. Kaci-meziane avait rempli son puits en tuiles, pour échapper aux contrôleurs, il avait fait des stocks énormes. Il couvrit le puits pour que les tuiles restent invisibles, il récupérait de l'eau de façon très prudente de l'extérieur. Il alla récupérer les tuiles de la caserne d'ath moussa, qui était une école avant la guerre, déclarant aux gens, « l'état m'a donné tout ça ». Il arrachait alors les tuiles, les portes et les fenêtres de l'école et tout ce qui pouvait être utile. Et disait aux gens, « vous n'y avez pas droit ».

Agent de Cologne

« Un jour en Allemagne, quelques années plus tard, je recroisai l'un d'entre eux, le deuxième qui avait pris la fuite. Je lui demandai d'expliquer les dessous de l'affaire. Il me raconta alors qu'ils étaient envoyés par un chef basé à Cologne. Ils étaient censés frapper à la porte, en ouvrant, ils me tireraient dessus. Les choses se déroulèrent autrement».

« L'agent me montra une carte de qualification de sport de combat. Je fus surpris et lui demandai,

- Mais alors pourquoi quand je t'ai suivi tu traversais la rue à toute allure ?
- J'ai regardé derrière moi, j'ai vu mon camarade à terre, et je t'ai vu avec un couteau. J'ai vu aussi des gens qui sortaient de l'hôtel. Il n'était pas question de m'arrêter.

« Nous sommes depuis devenus amis».

Wardia

Durant l'année 1963, Ahmed Moh Amechtoh accompagna Wardia à Alger, avec ses enfants. Ils occupaient une maison et un homme est venu pour les faire sortir. Ahmed l'attrapa à la gorge et le plaqua contre un mur, avant de le laisser partir paniqué. Ahmed fut ensuite convoqué à la préfecture, il se présenta à l'accueil, dans le cours de l'échange, le ton monte, il y eut altercation verbale, et Ahmed mit un coup poing à son contradicteur, l'envoyant à terre. Il quitta la préfecture sans demander son reste, et resta une semaine avec Wardia et ses enfants pour s'assurer qu'ils ne soient plus inquiétés, puis il retourna au village. Wardia ne fut plus embêtée depuis.

Zi-Ahmed, s'installa en famille à Mostaganem presqu'immédiatement après l'indépendance.

Fatma n-cheurfa, durant un ou deux ans après la guerre, continuait de faire la collecte de l'huile, du blé, légumes secs, ... pour les moujahidines disait-elle.

Slimane s'apprêter à rejoindre l'insurrection du front des forces socialistes, sous la houlette d'Ait Ahmed et le Colonel Mohand Oulhaj, contre le régime. Mais Si-Idir s'empressa de pousser Slimane à repartir à son travail à Oran, pour l'éloigner.

Fatima n-Si Ahmed commence à revoir la scène qu'elle ne voyait plus depuis un peu plus d'un an. Des casernes installées un peu partout en haut des colines. Des soldats qui font des incursions, des perquisitions, brutalisent les gens, et font des interrogatoires. Une seule famille fut épargnée. Les soldats du régime rentrent dans une maison des Bounsiar à Dellys, et ils tombent sur deux portraits, l'un est de Ben Bella et l'autre d'Ait ahmed, alors ils saluent les membres de la famille, et déclarent « c'est la seule maison où l'on trouve le portrait du président Ben

Bella », puis, ils s'en vont. Pourtant arezki N-Si-Mohand Ath-cheikh, le père de famille, est engagé dans cette insurrection du FFS.

Bernard Garigue avait échappé de justesse à l'incursion des résistants dans la caserne de Taboudoucht. Lui et Aimée s'installèrent définitevement ensemble à Paris à partir de 1965.

Les deux filles Tassadit et Zhor de Houbelli, à l'origine de l'incursion, vécurent longtemps après l'indépendance.

Ouamrane

« Les gens de sa région ne semblaient pas l'apprécier beaucoup après l'indépendance. On dit qu'il lui arrivait de se servir de son arme pour imposer sa loi ».

« Ouamrane acquit une pompe à essence pour avoir une sécurité alimentaire, de la part du régime. Il se retira définitivement des affaires politiques à l'indépendance ».

Mohand Igherviene détourne un camion muni d'armement à la caserne militaire de Tigzirt, au profit des insurgés. Il finit par s'éloigner de ses camarades, notamment après la trêve observée par Mohand Oulhaj lors de la guerre des sables. Mokrane nath Boada fut tué au maquis durant cette révolte. Le FFS perdit 400 combattants, et le régime en perdit 124 éléments de l'ANP.

Par l'intermédiaire d'Omar Oussedik, les négociations entre le FFS et Ben Bella conclurent à la reconnaissance du FFS comme parti d'opposition, libre d'exercer son activité politique. C'était le 16 juin 1965.

Peu de temps après son retour d'Allemagne, en 1967, Mohand idir rendit visite à Wardia et ses enfants, à fouge roux. A son arrivée, Wardia était aux anges. Elle envoya Fatima chez la voisine pour chercher du café. Fatima profita de faire un crochet chez la famille du commandant Moh Ouali, il avait une fille qui étudiait l'allemand. Fatima lui demanda de lui apprendre un mot en Allemand,

- « mon oncle vient de revenir d'Allemagne, dis moi un mot en allemand pour le lui répéter »,
- Wie gehts ? ...comment allez-vous ?

Fatima fit son chemin de fouge-roux à Bouzaréea en répétant le mot, pour le retenir. Elle rentra, et le dit à son oncle. Il la bombarda de phrases en Allemand, en rigolant. Ce fut un moment de grande complicité.

Wrida

En prison, Ahmed Moh Amechtoh avait fini par attraper des rhumatismes, des maux qui ne se manifestèrent que quelques années plus tard. En 1969 il tomba malade, et mourut au bout de trois mois. Son père, super centenaire, était déjà paraplégique.

Les maquisards du village ne daignèrent pas témoigner pour l'engagement d'Ahmed et toute sa famille, afin d'obtenir une pension.

A la fin de la guerre personne n'est venu nous rappeler les fusils qu'on avait donnés. A la mort de mon mari ils ne m'ont rien donné. Il est pourtant mort des sévices de la guerre. Lorsque Zi Ahmed est revenu de Mostaganem, il demanda ;

- Est ce que vous avez une pension ?
- On n'a rien eu, pas un centimes, répondis-je.
- Laisse tomber Wrida, ce sont des hypocrites, mais il n y a pas qu'eux, il y a Dieu, dit-il.

Son mari qui était un goumier, est enregistré comme maquisard, par son cousin Yedris. Elle avait une pension en son nom. On lui a donné une maison à El Had.

Les gens étaient mécontents qu'Abderrahmane, ait eu une pension, et qu'il ait eu des vaches. Ils disaient qu'il ne les méritait pas.

Ouamrane

Slimane Amirat, était l'auteur de la fusillade dirigée contre le cortège de Boumediene en 1968 à Alger. Ce dernier fut touché aux lèvres. Il se fit arrêter juste après. Il fut condamné à mort, et son épouse jugée pour complicité et fut condamnée à 20 ans de réclusion criminelle non compressibles ».

« Un jour, le président Bourguiba était en visite d'Etat à Alger. En marge de sa rencontre avec Boumediene, il demanda les nouvelles d'un homme, »

- Il y a un homme que j'aimerais voir, c'était le tout premier à me rendre visite au début de la guerre, à Tunis.
- Qui est-ce ? demanda Boumediene

- Le colonel Ouamrane. Répondit Bourguiba.
- Nous sommes en bons termes, je le ferai venir.

« Le colonel Ouamrane vint donc à la rencontre de son vieil ami Tunisien, et profita de sa présence ».

- J'aimerais que vous intercédiez dans une affaire, Monsieur le président.
- Une affaire d'Etat ?
- Slimane Amirat est condamné à mort. Je pense que vous pourriez intervenir auprès du président pour lui éviter ça.
- Je vais voir ce que je peux faire.

« Le président Bourguiba revit son homologue algérien, et Slimane Amirat fut gracié. Il put aussitôt s'exiler au Maroc, lui et son épouse ».

Ancien chef

« Des années plus tard, je me promenais dans les rues de Tizi-Ouzou, et je tombai sur mon ancien chef en fédération de France. C'était un petit de taille, trapu. Il était chef de secteur et moi chef de Kasma. Nous discutions un petit moment, et je lui demandai de ses nouvelles »

- Alors, tu as eu affaire à la guerre ?

« C'était une façon vague mais qui signifiait avec précision s'il n'avait pas été arrêté par la police à Paris ».

- Lorsque la police rentrait dans l'hôtel où je travaillais pour perquisitionner, elle faisait souvent des arrestations. J'étais alors à chaque fois accroupi, en train d'éplucher des pommes de terre. Quand la police m'interrogeait, je répondais 'je ne sais pas, je ne comprends pas', comme un pauvre mec à l'esprit simple. Et les policiers s'en lassaient vite et repartaient toujours sans moi.

Kaci n'Amara

Kaci n'Amara a vécu après la guerre. Il s'est remarié. Il avait probablement l'âge de mon père. Je l'ai déjà rencontré. Il avait plutôt rajeuni après la guerre. C'est lui qui avait fait les papiers de résistant à mon père.

Kaci n'Amara est décédé en 1976 à l'âge de 82 ans. Son fils Hocine qui était officier de l'ANP, devient général, en retraite.

Ouacel retourna en Kabylie au milieu des années 1980 sans être reconnu dans son village natal. Il décéda en 2013 des suites d'une crise cardiaque à l'âge de 98 ans.

« Oumeri était le plus apprécié de tous les bandits d'honneur auprès du petit peuple. C'était le plus juste envers les modestes gens. Les kabyles étaient pratiquement tous affectés à sa mort ».

Après l'indépendance en 1962, Mohand Ameziane Yazourene rentre en Algérie et il va occuper plusieurs fonctions. Député à la première Assemblée constituante de l'Algérie indépendante, il s'impliquera aussi pour trouver une solution à la crise de Kabylie de 1963. Il décédera le 5 janvier 1988 des suites d'une courte maladie, un AVC.

En 1985, Ouamrane intervient pour faire sortir de prison les detenus d'opinion, dont ali Yahia Abdennour et Ferhat Mehenni.

Des 1994 Mohand-Igherviene, reprit les armes pour combattre les terroristes islamistes, et protéger les villages d'ath Jennad.

Achour Amanzougarene, classé comme ancien combattant, réside et s'installe définitivement dans la commune d'Algans, située dans le département du Tarn, en région Occitanie. On reconsidéra alors ses services antérieurs. Il avait participé début 1944 au débarquement en Italie en Mars 1943, porté un moment disparu, puis reparut et participa à la bataille de Monté Cassino du début 1944. Il devient président de l'association des rapatriés d'Algérie. Chevalier de la légion d'honneur, décoré, le 30 Mars 1997, il avait 54 ans d'activités professionnelle, associative et de service militaire. Mourut en Mars 2012 à Algans.

Lectures

« J'avais fini de lire le livre d'Omar Boudaoud. Je suis en train de lire un vieux livre de Mohammed Harbi, il est intéressant. Car il avait fréquenté beaucoup de grand militant du mouvement national. J'avais essayé de lire un livre du fils du colonel Mohand Ou Lhaj, j'y ai pas trouvé plaisir. Car il se limite à des details techniques et militaires. On a tué tant, on a perdu tant, on a récupéré tant d'armement. Mais il n'a pas le style, et les personnages ne sont pas connus. Car Mohand Ou lhaj, était dans le parti de Ferhat Abbas, et il n'avait pas beaucoup fréquenté les leaders du mouvement national. Il était forgeron à Setif. Il avait rejoint la révolution comme un soldat, il a donné son argent à la révolution et deux de ses fils. Nous sommes le jeudi 7 mai 2020 ».

Omar Boudaoud décéda le samedi 9 Mai 2020 à l'hôpital d'Aix-la-Chapelle en Allemagne à l'âge de 95 ans.

Bibliographie

Le Monde du 20 août 1958- par Par MICHEL THIEBAULT

El Watan du 16 février 2017- par Salah Yermèche

http://ait-salah.tripod.com/famillleaitkaci.html par ACHIT LARBI :

https://www.fondationmessali.org/Mohamed%20Zerouali.html Par Yacine Ben Jilani

https://fr.wikipedia.org/wiki/F%C3%A9d%C3%A9ration_de_France_du_FLN

https://www.persee.fr/doc/remmm_0035-1474_1986_num_41_1_2116

El Watan : Salah Yermèche
15 décembre 2016

L'opération Jumelles le déluge en Kabylie, Amar Azouaoui, Éditions Elamel, 2009

http://www.ecpad.fr/loperation-jumelles-en-kabylie-sous-le-commandement-du-general-challe

Les témoignages oraux de Mohand ou-Idir Ait Slimane, les seuls délimités par des guillemets du type « …. ».

Autres témoignages délimités par des guillemets du type '….'.